Matthäi am Letzten

- Roman eines Pechvogels -

SCHICKSAL IST EIGENSCHAFT

Felix Parker

Ralph Wiener

Matthäi am Letzten

- Roman eines Pechvogels -

Impressum
© 2018   Dr. sc. jur. Felix Ecke
Coverzeichnung: Silvia Sawade
Redaktion: Dirk Ecke, 06295 Lutherstadt Eisleben
*   Hallesche Straße 95*

© 2018
Herstellung und Verlag: BoD – Books on Demand, Norderstedt.
ISBN: 9783748129547

Man hätte ihm alles vorhersagen können, aber wahrscheinlich hätte er das nie geglaubt, und wenn ja, würde er es bestimmt nicht beherzigt haben. Dazu fehlte ihm ein gewisser persönlicher Abstand. In allem, was er tat, folgte er einem unbestimmten Gefühl, einem inneren Drang, ohne sich der Folgen bewusst zu sein. Einen „Wahrheitsfanatiker" hatten ihn manche genannt, doch auch das stimmte nicht ganz; denn da hätte er eine Art Held sein müssen - und das war er ganz und gar nicht.

Ein „leichtsinniger Illusionist", das kam seinem Charakter schon eher entgegen, und wenn man seine Nachbarn fragen würde, erhielte man so viele Antworten, wie es Nachbarn gab. Nur in einem waren sich alle einig: Dieser Robert Burli war ein Außenseiter, ein Sonderling - einer, bei dem man nicht wusste, was man von ihm halten sollte, weil er wenig Kontakt zu seinen Mitmenschen hatte. Mit einem Wort, hier lebte einer, der Rätsel aufgab, aber zu ihrer Lösung kaum etwas beitrug.

Dabei wäre es so leicht gewesen, ein bisschen hinter die Fassade zu blicken - nur hätte man sich da mit seinem Beruf vertraut machen müssen, was freilich den Leuten seiner Umgebung ziemlich schwergefallen wäre; denn welcher normale Bürger weiß um die Nöte und Sorgen eines Musikhistorikers! Einen Bäcker konnte man irgendwie einordnen, auch einen Finanzsachbearbeiter, sogar einen Elektroinstallateur - aber

Musikhistoriker? Was macht der überhaupt? Wem nützt er? Ist das ein Hobby oder ein Brotberuf?

Natürlich brauchte Robert Burli keine dieser Fragen zu beantworten, weil sie ihm niemand stellte. Die Blicke seiner Nachbarn jedoch - und auch die seiner Wirtin - schienen immer wieder diese Fragen auszudrücken, wenngleich keiner wagte, sich direkt an ihn zu wenden: schließlich wollte man nicht in den Nimbus eines Unwissenden geraten.

Wir jedoch, die wir nicht nur Herrn Burlis Alter (nämlich 35) und seine schmale, etwas untersetzte Figur kennen, wissen um die Schwierigkeiten seiner Profession. Und wir kennen die Vorgeschichte, die zu jenem Ereignis führte, von dem im Folgenden zu berichten sein wird.

Seit Jahren war er festangestellter Mitarbeiter der weithin bekannten Wochenzeitschrift „Musik-Echo". Das „Echo", wie man es der Kürze halber nannte, galt unter Kennern als journalistisches Kleinod, weil es Themen behandelte - an die sich andere Zeitschriften selten heranwagten. So hatte es bei Besprechung von Vertonungen des Vaterunsers bemerkt, dass der Titel dieses Gebetes eigentlich eine sprachliche Abnormität darstelle.

Kein Mensch würde sagen: „Mutter meine", sondern „meine Mutter" Auch „Tante deine" sei ungebräuchlich, vielmehr heiße es „deine Tante". Warum aber plötzlich statt „unser Vater" gesagt werden solle: „Vater unser" - noch dazu in einem Gebet -, sei schlechterdings unbegreiflich. Das Musik-Echo druckte also die

Vertonungen des „Vaterunser" mit der sprachlich korrekten Version „Unser Vater" ab - und erntete eine Flut von Protestbriefen. Man solle die Kirche im Dorf lassen - hieß es, „Mutter meine" und „Tante deine" sei schließlich etwas anderes als „Vater unser", und außerdem sei man da so gewöhnt, und sogar Goethe habe den Vierzeiler gedichtet:

Das Unser Vater ein schön Gebet,

Es dient und hilft in allen Nöten;

Wenn einer auch Vater unser fleht,

In Gottes Namen, lass ihn beten!

Wie gesagt, der gute alte Goethe musste wieder einmal herhalten - aber aus der Welt war das Problem damit nicht. Robert Burli erblickte nämlich in der ganzen Kontroverse einen Anlass, sich einmal mit der Sprache im Volkslied auseinanderzusetzen und kam zu einem geradezu niederschmetternden Ergebnis. „Im deutschen Volkslied ist unsere Sprache systematisch verhunzt worden", schrieb er und teilte seinen Lesern einige verblüffende Einzelheiten mit.

Danach wäre nämlich schon das alte Lied „Es ist ein Ros' entsprungen" mit Recht oft missverstanden worden. Keinem Kinde könne man übelnehmen, wenn es singen würde: „Es ist ein Ross entsprungen!", weil der Text „ein Ros" völlig falsch sei; vielmehr müsse es heißen: „Es ist eine Rose entsprungen."

Noch strenger ging Robert Burli mit dem Lutherlied „Ein feste Burg" ins Gericht. „Die Burg ist weiblich", dozierte er, „der unbestimmte Artikel heißt also 'eine Burg', nicht 'ein Burg', was höchstens Babys sagen. Nun aber in dieser Babysprache fortzufahren und 'Ein feste Burg' zu singen, ist unter aller Würde." Logischerweise - so fuhr Burli fort - müsse man dann auch sagen „Ein helle Glocke" oder „Ein kleine Frau".

Da zu der Zeit - als das Musik-Echo diese Artikel abdruckte, im Fernsehen die Volksliedserie „Kein schöner Land" lief, stürzte sich Robert Burli natürlich auch auf diesen Titel. „Jeder ABC-Schütze weiß, dass es „kein schöneres Land" heißt und dass der Vers

Kein schöner Land in dieser Zeit

Als wie das unsre weit und breit

eine grammatikalische Schändlichkeit bedeutet. 'Als wie' sagt kein Mensch; er sollte es deshalb auch nicht singen." Wieder war eine Flut von Leserbriefen - diesmal von Freunden jener Fernsehsendung - auf das „Echo" hereingebrochen, und Robert Burli hatte Mühe, die Wogen zu glätten. Als er jedoch den Verteidigern des Liedes klargemacht hatte, dass der Satz „Kein schöner Gedicht als wie das von Schiller" im Grunde derselbe Unsinn wäre wie „Kein schöner Land in dieser Zeit als wie das unsre weit und breit", wurden die Konservativen unter den Sängern etwas nachdenklich und bestanden nicht mehr auf einer Maßregelung des exzentrischen Autors.

Schwierigkeiten erwuchsen ihm jedoch von ganz anderer Seite, nämlich vom Herausgeber Stolzenbach persönlich - und da sind wir endlich bei jenem Ereignis, von dem bereits die Rede war, das wir aber ohne die erwähnte Vorgeschichte in letzter Konsequenz nicht völlig verstehen würden.

Walter Stolzenbach hatte jahrelang ein Auge zugedrückt. Im Gegenteil, es war ihm sogar sehr lieb, dass dieser Burli allen möglichen Staub aufwirbelte: das förderte den Umsatz, und je hitziger die Diskussionen, umso besser fürs Geschäft. Nur musste dieser Mann seine Grenzen kennen und nicht der Zeitschrift selbst schaden! Und gerade hier war Robert Burli nicht achtsam genug.

Dabei war er ausreichend gewarnt worden. Es hatte bereits eine Auseinandersetzung mit seinem Chef gegeben, als er die Fernsehquoten satirisch beleuchtete. „Würde die Mehrheit der Fernsehzuschauer ein qualitatives Werturteil widerspiegeln", lautete eine seiner Thesen, „stände die Kelly-Familie hoch über Beethoven, und Goethes 'Iphigenie' fände sich weit abgeschlagen hinter Otto Waalkes."

„Iphigenie hin und Beethoven her", hatte Herausgeber Stolzenbach gemurmelt, „aber unser Fernsehen ist auf hohe Einschaltquoten angewiesen. Denken Sie nur an die Werbung! Die bringen schließlich das Geld. Und da veranstalten Sie ein Kesseltreiben gegen die Quoten! Mehr Fingerspitzengefühl, Herr Burli!"

Fingerspitzengefühl. Das war es. Und das ließ der eifrige Mitarbeiter plötzlich vermissen. Weiß der Himmel, welcher Teufel ihn geritten hat, jedwede Vorsicht außer Acht zu lassen - und das auch noch, als der allmächtige Herr Stolzenbach im Urlaub gewesen war! Hatte er etwa sein Fernbleiben ausnützen wollen? Beinahe sah es so aus, und der Chef nahm deshalb kein Blatt vor den Mund, als er den Frevler zu sich beordert hatte.

„Ich denke, ich sehe nicht recht!" schnalzte er, indem er Herrn Burlis letzten Artikel auf dem Schreibtisch ausbreitete. „Ein starkes Stück! Ein Affront sondergleichen!" Robert Burli blickte verständnislos auf das Corpus delicti. Es war seine Abhandlung „Bizet und Carmen". Er konnte sich nicht denken, wieso das Ganze den Chef derartig aufregte.

„Sind Sie damit nicht einverstanden?" fragte er. Stolzenbach schlug auf den Tisch. „Das ist der Gipfel! Sie wagen noch, eine solche Frage zu stellen?" Nun verstand Robert Burli überhaupt nichts mehr. Was hatte sein Artikel über Bizet mit dem Chef zu tun? In Gedanken ging er noch einmal seine Abhandlung durch:

In sachlich begründeter Form hatte er nachgewiesen, dass die allgemein bekannte Habanera aus der Oper „Carmen" (mit dem Text „Die Liebe von Zigeunern stammet") gar nicht von Bizet komponiert worden sei. Dies nehme man zwar an, aber in Wirklichkeit handle es sich um das Lied „El Arreglito" von dem spanischen Komponisten Sebastian de Yradier. Bizet habe dieses Lied, da es ihm gut gefiel, einfach übernommen und in seine Oper eingebaut - allerdings nicht als Plagiat, sondern mit Quellenangabe. Nur sei das inzwischen in Vergessenheit geraten.

„Sie behaupten also", sagte Herausgeber Stolzenbach und wies auf den Artikel, „dieses herrliche Auftrittslied der Carmen, das mit den Worten beginnt: 'Ja, die Liebe hat bunte Flügel!' und das alle Welt für die schönste Melodie der ganzen Oper hält, sei gar nicht von Georges Bizet?" „So ist es", nickte Robert Burli, „und zwar stammt es von Sebastian de Yradier."

Der Herausgeber schüttelte den Kopf. „Es ist nicht zu fassen", schnalzte er. „Und so etwas erscheint in meiner Zeitschrift!" „Aber die Beweise sind eindeutig", beeilte sich der arglose Forscher zu bekräftigen. „Als ob es darauf ankäme!" winkte der Chef ab. „Sie wissen überhaupt nicht, was Sie angerichtet haben." Robert Burli wusste es wirklich nicht. Er konnte nicht ahnen, welch schwerwiegender Vorgang die Verstimmung des Chefs ausgelöst hatte. Und doch hätte er es wissen müssen, wenn er dessen Leitartikel regelmäßig gelesen hätte!

Ja, darin lag zweifellos eine große Schuld. Ein Untergebener, der die Leitartikel seines Chefs nicht liest, begeht eine sträfliche Unterlassung. Genauer gesagt: er steht außerhalb der Legalität. Letzten Endes kann ihm niemand helfen. Noch während sich Robert Burli dem zermürbenden Gedanken hingab, was er wohl falsch gemacht hätte, wurde er von einem Knall aufgeschreckt. Herr Stolzenbach hatte ihm die Nummer 8 des Echos hingeworfen. „Seite fünf!" rief er mit schneidender Stimme.

Zitternd schlug Burli die Seite 5 auf. „Perlen der Musikgeschichte", las er, „von Walter Stolzenbach". Es war der Leitartikel seines Chefs. „Das haben Sie natürlich nicht gelesen", stellte der Herausgeber fest, „ist ja auch selbstverständlich: Was ein Stolzenbach schreibt, kann einem Burli egal sein. Aber mir ist es nicht egal, verehrter Herr!" Er war plötzlich rot angelaufen und blickte seinen Gegenüber an, dass dieser zusammenzuckte.

„Entschuldigen Sie, Herr Stolzenbach ..." „Da gibt es nichts zu entschuldigen!" beharrte der Herausgeber. „Das Ganze ist eine Unverfrorenheit, eine Infamie, eine ..." Er suchte nach weiteren Worten, fand aber keine geeigneten und trommelte statt dessen mit den Fingern auf die Tischplatte.

Sein Ärger war freilich verständlich. In seinem Leitartikel „Perlen der Musikgeschichte" hatte er ausführlich jenes Auftrittslied der Carmen besprochen und dabei erwähnt, dass vor allem dieses Lied die Genialität des Komponisten Georges Bizet dokumentiere. Die Wiedergabe des andalusischen Kolorits sei ihm so gelungen, dass man annehmen könne, dies müsse ein Spanier komponiert haben. Aber dass es ein Franzose, nämlich Bizet, geschaffen habe, sei ein besonders glanzvoller Stern am Himmel der Musikgeschichte.

Walter Stolzenbach war mit seinem Leitartikel äußerst zufrieden gewesen, zumal ihm viele Leser beistimmten. Da platzte mitten in seinen Urlaub das Pamphlet von diesem Robert Burli! Anders als ein Pamphlet konnte man es nicht nennen. Ein Artikel, der seinem Chef derartig in die Parade fuhr, hatte keinen Anspruch auf wissenschaftliche Beurteilung. Hier ging es um Grundsätzliches.

„Sie sind sich hoffentlich darüber im Klaren, was das bedeutet", bemerkte der Herausgeber. Robert Burli, der inzwischen den Leitartikel überflogen hatte, begann zu stottern: „Wie ich sehe, Herr Stolzenbach, ist Ihnen hier - allerdings unbeabsichtigt - ein Fehler unterlaufen ..." „Was faseln Sie da!?" schrie Stolzenbach - und Herr Burli zuckte zusammen. „Ich meine ..., ich wollte ..., ich dachte ..."

„Sie haben überhaupt nichts zu denken!" entschied der Herausgeber. „Vor allen Dingen haben Sie meine Leitartikel zu lesen, bevor Sie einen derartigen Unsinn verzapfen! Vor aller Welt haben Sie mich blamiert! Ich hätte den Komponisten Bizet umsonst gelobt, wird allenthalben gespottet, hätte mich nicht gründlich informiert, hätte meine Stallburschen erst fragen müssen, mit einem Wort: das Ei sei wieder mal klüger als die Henne!" Er war in voller Größe aufgestanden und zitterte am ganzen Körper.

„Herr Burli, Sie kennen mich als einen Mann mit viel Geduld. Über viele Ihrer Eskapaden bin ich hinweggegangen. Aber jetzt ist das Maß voll! Diese Spitze gegen mich werden Sie zu verdauen haben. Ein für alle Mal: Jetzt ist Matthäi am Letzten!" Geräuschvoll setzte er sich. Robert Burli blickte ängstlich auf. „Wie soll ich das verstehen?" „Dass Sie zum Monatsende entlassen sind", erklärte Stolzenbach. „Ich will auch großzügig sein: Sie erhalten noch drei Monate Ihr volles Gehalt. Aber trennen müssen wir uns. Da beißt die Maus keinen Faden ab."

Robert Burli erhob sich langsam. „Herr Stolzenbach", stammelte er, „ich bin Musikhistoriker. Sie denken doch nicht, dass ich in der heutigen Zeit anderswo eine Beschäftigung finde." „Das ist Ihr Problem", stellte der Herausgeber fest. „Schließlich haben Sie sich das selbst zuzuschreiben. Außerdem glaube ich kaum, dass es groß auffällt, wenn das Heer der arbeitslosen Intellektuellen um einen erweitert wird." „Ihren Zynismus können Sie sich sparen" - wollte Herr Burli sagen, aber wie üblich schwieg er, machte eine Verbeugung und ging hinaus. Frische Luft tat ihm not.

Er ging durch die Parkanlagen der Stadt, um „zu sich selbst zu finden", wie er sich einredete, aber das gelang ihm nicht. Bäume und Sträucher - im Allgemeinen keine schlechten Ratgeber - versagten ihren Dienst. Was sollten sie auch einem frischgebackenen Arbeitslosen raten? Etwa sich an ihnen ein Beispiel zu nehmen, auf Sonne und Regen zu warten und sich gelegentlich dem Wind anzuvertrauen? Ein bisschen wenig für einen Musikhistoriker. Nein, hier waren andere Dinge gefragt.

Mit einem Menschen musste er sich aussprechen! Aber mit wem? Von seinen Eltern hatte er sich seit vielen Jahren getrennt. Sie waren geschieden. Der Vater hatte eine junge Schweizerin kennengelernt und war mit ihr nach St. Gallen gezogen, die Mutter zu ihrer Schwester ins Salzkammergut gereist; beide schrieben ihm regelmäßig zu Weihnachten einen Gruß, das war alles. Sie wussten nicht einmal, dass er beim Musik-Echo beschäftigt war - gewesen war, musste er jetzt sagen, und da fand er es ganz gut, seinen Eltern die Hiobsbotschaft nicht übermitteln zu müssen.

Lediglich Frau Golombek musste er ins Vertrauen ziehen. Das war seine Wirtin, bei der er ein möbliertes Zimmer innehatte. Eine rüstige Sechzigerin, Lehrerswitwe, die selbst einmal Lehrerin gewesen sein soll - aber das musste schon lange her sein - und die seiner Meinung nach das Herz auf dem rechten Fleck hatte. Jedenfalls hatte er von ihr so manchen interessanten Ratschlag vernommen, wenn er bei ihr auf der Couch lag, und just in dieser Situation, da sich sein Leben schlagartig verändert hatte, fiel ihm die Couch der Frau Golombek ein.

Wie oft hatte er davon gehört, dass Menschen, die einen Ausweg aus dem Irrgarten des Lebens suchten, zu einem Psychoanalytiker gingen, der sie „auf der Couch" anhörte und sie entsprechend behandelte. So einen Weg konnte er sich sparen: Er hatte die Couch bei Frau Golombek, und da würde er - dessen war er sich ganz sicher - mit seinen Problemen bestimmt ins Reine kommen.

„Da haben Sie sich was eingerührt", sagte die erfahrene Wirtin und blickte mitfühlend auf ihren Untermieter, der nun tatsächlich auf ihrer Couch lag und soeben von dem Gespräch mit Herrn Stolzenbach berichtet hatte.

„Ja, es stimmt, ich bin etwas mitschuldig", bekannte Robert, „aber das ändert nichts am Ergebnis: mit fünfunddreißig arbeitslos. Wissen Sie, was das heißt?" „Und ob!" erwiderte die Wirtin. „Meinem Mann ist es nicht anders ergangen - obwohl damals noch andere Zeiten waren."

Und weil sie wusste, dass die Vorhaltung gleicher Schicksale zuweilen einen gewissen Trost spendet, offenbarte sie ihrem Untermieter die Geschichte ihres verstorbenen Mannes. Er war, wie bereits erwähnt, Lehrer gewesen, und das ganze Unglück kam nach ihrer Auffassung daher, dass die männlichen Lehrer eines Tages auch auf weibliche Schüler losgelassen wurden. „Man hätte das nie machen dürfen", erklärte sie und erinnerte daran, dass in der guten alten Zeit die Mädchen von den Jungen getrennt waren und ausschließlich von Lehrerinnen unterrichtet wurden. „Da herrschte noch Ordnung", stellte sie fest, „und solche Sachen wie mit meinem Mann wären dann nie passiert."

Ihr Mann war übrigens ganz unschuldig. Im Einzelnen hatte sich die Geschichte folgendermaßen zugetragen: Eine Schülerin namens Carola hatte sich an ihn herangemacht, um bessere Zensuren zu erlangen. Herr Golombek jedoch war eisern geblieben. Er untersagte ihr die Flirterei, wies sie - als sie ihre Beine zeigen wollte - aus dem Lehrerzimmer, worauf sie ihre Bluse zerriss, zum Direktor lief und verkündete, sie sei von ihrem Lehrer sexuell belästigt worden.

Eine alte Geschichte, die seit dem biblischen Joseph und der Frau Potiphar immer wieder auftaucht und meistens dieselben Folgen hat: Man glaubt dem Mädchen eher als dem gestandenen Lehrer (schon weil man sich über die detaillierten Untersuchungen und Befragungen die Lippen leckt) und kurz und gut, Herr Golombek wurde beurlaubt, und als die Schülerin noch zwei Klassenkameradinnen benannt hatte, die das Zerreißen der Bluse durch den Lehrer gesehen haben wollten, war aus dem Zwangsurlaub ein Disziplinarverfahren geworden, an dessen Ende die Entlassung aus dem Schuldienst stand.

„Und nun kommt das Schönste", sagte die Wirtin am Ende des Berichts, „die ganze Affäre hat sich für meinen Mann letztlich ausgezahlt. Er hat sich nämlich eine andere Tätigkeit gesucht, keine so nervenaufreibende wie die eines Lehrers. Er hat - fast wage ich gar nicht, es Ihnen zu sagen, weil es zu komisch klingt -, also er hat sich hingesetzt und Schlagertexte geschrieben. Ganz verrückte Dinger, zum Beispiel: 'Du - mach doch die Jacke zu!' oder 'In der Liebe kriegst du eine drei bis vier' oder 'Die Dorothee im weißen Schnee' - und was soll ich Ihnen sagen: Die Texte wurden angenommen, und mein Mann erhielt fortlaufend Tantiemen! Und alles nur wegen dieser Carola, die ihm eigentlich das Gegenteil gewünscht hatte."

Robert Burli blickte seine Wirtin nachdenklich an. Tatsächlich, hier war er auf die richtige Couch geraten. „Sehen Sie, das mit der Arbeit darf man nicht überbewerten", fuhr sie in ihrer Erzählung fort. „Manche denken wirklich, wenn ihnen der Stuhl vor die Tür gesetzt wird, nun sei Matthäi am Letzten. Dabei sollten sie sich ruhig mal ein Wort Maxim Gorkis zu Gemüte führen: 'Arbeite doch, wenn's dir Vergnügen macht ... was brauchst du da groß stolz zu sein? Wenn man die Menschen nach der Arbeit schätzen sollte ... dann wär' ja ein Pferd besser als jeder Mensch ... das zieht den Wagen und hält's Maul dazu!'"

Der Untermieter richtete sich auf. „Das hat Gorki gesagt?" „Im 'Nachtasyl'" erklärte Frau Golombek. „Ein Stück, das um die Welt gegangen ist." Erst jetzt fiel ihm ein, dass seine Wirtin früher selbst Lehrerin gewesen war. „Haben Sie Literatur gegeben?" fragte er. „Deutsch und Geschichte", erwiderte sie, „da kennt man sich ein bisschen in der Welt aus. Wenngleich: Was Geschichte betrifft, da hat sich einiges geändert. Sie sind schließlich auch ein Opfer der neuen Zeit."

„Das können Sie wohl laut sagen", bemerkte der Untermieter. „Trotzdem ist mir einiges nicht klar", fuhr die ehemalige Lehrerin fort. „Ich meine das Geschrei, das man um die Arbeitslosigkeit macht. Früher sagten alle: 'Ach, wenn ich nur Zeit hätte, dann würde ich dieses und jenes machen!' Heute haben viele Zeit - und machen doch nichts."

Robert Burli blickte seine Wirtin groß an. „Wollen Sie die Arbeitslosen verspotten?" „Um Himmels willen!" wehrte sie ab. „Ich will nur sagen, dass so etwas auch seine guten Seiten hat. Es ist die Zeit der Hobbys. Jetzt können sich Schachmeister entwickeln, Spitzensportler, Erfindungen am laufenden Band können getätigt, Lieder komponiert, Bilder gemalt werden, ein Eldorado der Künste wird entstehen, weil sich überall Kräfte regen, die bis jetzt an profane Verrichtungen gebunden waren, ein Paradies im wahrsten Sinne des Wortes ..."

„Hören Sie auf, Frau Golombek!" unterbrach Robert Burli. „Das sind Illusionen. Ich habe noch keinen Arbeitslosen gesehen, der Schachmeister oder Pianist wurde. Die meisten greifen zur Flasche - und dann geht's mit Sicherheit bergab." Die Wirtin nickte. „Solche Fälle will ich nicht abstreiten. Aber jetzt spreche ich von Ihnen, und für Sie gelten besondere Regeln. Sie müssen sich nur mit der neuen Situation vertraut machen.

Vor allem sollten Sie einsehen, dass alles, was uns widerfährt, seine tiefere Ursache in uns selbst hat. Wir - und kein anderer - sind die Verursacher unseres Glücks oder Unglücks. Und jetzt schließen Sie die Augen und hören gut zu, was ich Ihnen sage." Mit sanftem Druck war sie ihm über die Augenlider gefahren, die sich sogleich schlossen, und ihr Blick ruhte auf dem Antlitz jenes Mannes, der sich bis vor kurzem für einen der unglücklichsten Menschen gehalten hatte.

„Denken Sie an nichts anderes als an Folgendes", flüsterte sie und raunte langsam, aber jedes Wort betonend: „Es geht mir von Tag zu Tag und in jeder Beziehung besser, besser und immer besser! Merken Sie sich die Worte. Ich spreche sie noch einmal: Es geht mir von Tag zu Tag und in jeder Beziehung besser, besser und immer besser!"

Man muss zugeben, dass sie das System Coué, dem diese Methode entlehnt war, bis zur Vollkommenheit beherrschte. Mehr noch, sie übertraf es: denn während Coué lediglich im Auge hatte, dass sich der Patient einrede, dass es ihm besser ging, versuchte Frau Golombek eine tatsächliche Besserung zu erreichen.

Jedenfalls wurde Herr Burli von Minute zu Minute zufriedener. Die Couch der Wirtin zeigte ihre Wirkungen. „Vor allem sollten Sie nicht mehr dem Vergangenen nachtrauern", riet die pensionierte Lehrerin, „sondern ein Wort Goethes beherzigen:

Willst du dir ein hübsch Leben zimmern,

musst ums Vergang'ne dich nicht bekümmern,

Und wäre dir auch was verloren,

Musst immer tun wie neugeboren.

Das hat meine Großmutter immer zitiert, und es hilft in vielen Lebenslagen. Sie sind jung, Herr Burli, das Leben steht noch vor Ihnen. Sie müssen nur ein bisschen Vertrauen haben!" Der „junge Mann" musste lächeln. Das war eine Optimistin, diese Wirtin: „Musst immer tun wie neugeboren!" Ein Goethewort an die Arbeitslosen. Ob das die richtige Methode war?

Immerhin, in einem Punkte hatte sie recht: Nachtrauern brachte nichts ein. Und wenn er sein bisherigen Leben betrachtete, so war es auch ohne die Kündigung nicht ideal gewesen. Er war ein Sonderling geworden. Aber das lag vielleicht daran, dass ihm eine Frau fehlte. Und daran war wieder Brigitte schuld.

Indessen Frau Golombek ihrem Couchpatienten noch einmal das System Coué vor Augen führte, ihm also das Gefühl vermittelte, dass es ihm „besser, besser und immer besser" ginge, versank dieser in seine Erinnerungen an Brigitte - gleichsam um einen Abschluss zu finden, einen Schlussstrich zu ziehen unter eine Begebenheit, die ihn bis heute immer wieder belastet hatte. „Das Geheimnis der Erlösung ist die Erinnerung", sagt ein altes jüdisches Sprichwort, und dass es für alle Menschen gilt, räumen inzwischen selbst orthodoxe Gläubige ein.

Vor zehn Jahren hatte er Brigitte kennengelernt. Er hatte damals gerade sein Studium abgeschlossen, einen Ausflug ins benachbarte Birkenwäldchen unternommen und eine junge dunkelhaarige Dame gefragt, wo der Aussichtsturm wäre. „Das weiß ich nicht", erklärte sie hastig, „ich gehe hier selber fremd." Im selben Augenblick merkte sie, dass sie sich versprochen hatte und fügte - rot werdend - hinzu: „Ich wollte sagen: ich bin hier selber fremd."

Herr Burli lachte, nach ein paar Sekunden lachte sie auch, sie gingen ein paar Schritte nebeneinander her, bis er stehen blieb und sagte: „Da wir beide offenbar hier fremdgehen, könnten wir ja den Aussichtsturm gemeinsam suchen." Sie nickte, und als sie eine Stunde später auf dem Turm standen, war das der Beginn einer mehrere Jahre andauernden Bindung, die allerdings unter keinem guten Stern stand.

Brigitte hatte nämlich einen Fehler, den ihr Freund anfangs gar nicht als einen solchen angesehen hatte, im

Gegenteil: er war ihm sehr angenehm und erst viel später wurde er ihm zum Gräuel. So etwas gibt es, und besonders Männer fallen häufig darauf herein. Diese Brigitte pflegte ihren Geliebten in allem, was er tat, zu loben und anzuhimmeln, um nicht zu sagen: zu vergöttern.

Jede Zeile, die er schrieb, galt ihr als eine Offenbarung, jedes seiner Worte bedachte sie mit Beifall, ja sie hätte im Voraus alle seine Gedanken gebilligt, wenn sie diese erkannt hätte. Niemals vernahm er von ihr ein kritisches Wort, auch wenn es angebracht gewesen wäre, und als sie sich verlobten, schien dieser Zustand ein dauernder zu werden.

Das lag ein bisschen an der männlichen Eitelkeit: Robert Burli sonnte sich im Glanz des Bestauntwerdens; es gab einen Menschen, der an ihn glaubte, der ihm für alle möglichen Dinge Mut machte und der ihm das Gefühl vermittelte, er sei etwas Besonderes. Wer wollte ihm das übelnehmen!

Nur stellte sich im Laufe der Zeit ein Gefühl ein, mit dem der junge Musikhistoriker nicht gerechnet hatte, als er sich mit der Bauzeichnerin Brigitte verlobte. Aus der ständigen Vergötterung und Billigung aller seiner Ansichten und Handlungen entwickelte sich nämlich etwas Neues, in ihrer Beziehung noch nie Dagewesenes: das Gespenst der Langeweile.

Es langweilte ihn, dauernd „Du hast recht" oder „Das hast du gut gemacht" zu hören, mehr noch: es ödete ihn an! Anfangs erschrak er über dieses Gefühl, aber allmählich wurde es zum Dauerbrenner. Er sehnte sich nach einem kritischen Wort, einem ehrlichen Tadel - statt dessen vernahm er nur Lobeshymnen. „Wunderbar!" „Toll!" „Phantastisch!" Es war nicht zum Aushalten.

Angewidert blickte er auf seine Verlobte. Sie verstand nicht, was plötzlich in ihn gefahren war. Ja, für sie war es „plötzlich"; denn sie hatte überhaupt nicht gemerkt, wie Robert Burli nach und nach ihr wahres Wesen erkannt hatte. Sie hatte ihn angehimmelt - was konnte man mehr von einer Braut erwarten! Und nun auf einmal diese Abneigung.

In einer Aussprache hatte er seiner Bedrängnis Luft gemacht, hatte ihr vor Augen geführt, dass dieses Zusammenleben keinen Sinn hatte, dass sie einfach nicht zusammenpassten, sie brauche einen anderen Mann, einen eitlen Gecken, und ein solcher sei er nicht - und deshalb sei es das Beste, wenn sie ihr Verlöbnis auflösten.

Brigitte hatte das alles mit offenem Munde angehört. Sie brachte keinen Ton heraus, so unfassbar erschien ihr das Ganze. Hatte sie ihm nicht immer nach dem Munde geredet? Alles gutgeheißen, was er unternahm? Ihn rundherum gelobt? Und nun?

„Es hat keinen Zweck mehr", sagte Robert abschließend. „Du musst das einsehen. Besser, wir gehen jetzt auseinander, als dass wir heiraten und uns ein ganzes Leben lang quälen. Ich wünsche dir alles Gute, Brigitte!" Er hatte sich umgedreht und seine Verlobte mit ihren Gedanken allein gelassen. „Nur keine endlosen Diskussionen!" dachte er. Und damit hatte er recht. Was sollte jetzt noch eine lange Unterhaltung erbringen!

Ihrer Veranlagung nach müsste sie diesmal auch sagen: „Das hast du wunderbar gemacht, Geliebter! Es ist völlig richtig!" Aber ihm blieben Zweifel, ob sie einer solchen Konsequenz fähig sei. So ließ er sie stehen, fuhr in die Stadt, und als er zurückkam, fand er einen Zettel vor: „Ich bin gegangen. Alles Gute! Brigitte." Es war das erste Mal, dass sie ihn nicht gelobt hatte. Aber nun war es zu spät ...

Robert Burli reckte sich auf der Couch. „Haben Sie geträumt?" fragte Frau Golombek. „Man könnte es so nennen", erwiderte er. „Mir ist auf einmal so richtig deutlich geworden, was ich für ein Pechvogel bin." „Ich habe Ihnen doch gesagt, Sie sollen nicht mehr an die Vergangenheit denken", belehrte ihn die Wirtin. „Und das mit dem Pechvogel, das kann sich schlagartig ändern. Wer weiß: Vielleicht hat das Leben noch viel mit Ihnen vor!"

Der Untermieter lächelte. „Sie sind eine unverbesserliche Optimistin. Aber ich glaube, jetzt habe ich genug auf der Couch gelegen." Er richtete sich zum Sitzen auf. „Was bin ich schuldig?" Sie blickte ihn groß an. „Wofür?" „Na, für die psychoanalytische Behandlung!" Nun musste die Wirtin laut lachen. Ihre Couch als Instrument á la Freud! So weit war es also schon gekommen.

24

„Wenn Sie es nicht weitersagen: Meine Behandlung ist um sonst", verkündete sie. „Hoffentlich auch gratis", bemerkte Herr Burli, der inzwischen aufgestanden war und in voller Größe vor ihr stand. „Sie kennen sicherlich das Sprichwort: 'Zwar umsonst ist die ärztliche Hilfe oft - aber gratis deshalb noch nicht!'" „Ich sehe, Sie schaffen es", stellte Frau Golombek fest und brachte die Couch mit liebevollen Griffen in Ordnung.

Zur selben Zeit, als der allmächtige Herr Stolzenbach seinem aufsässigen Untergebenen erklärt hatte, dass für ihn nunmehr „Matthäi am Letzten" sei, stand das Model Bianca Fischer am Beginn einer beachtlichen Karriere. War sie bis jetzt lediglich als Mannequin über den Laufsteg gegangen, hatte plötzlich irgendjemand entdeckt, dass sie auch singen könne, hatte sie in einer Art Schnellverfahren ausbilden lassen, sich dabei gewisse Anteile an ihren künftigen Einnahmen gesichert und ihren ersten öffentlichen Auftritt unter dem Slogan „Das singende Model" arrangiert. Nichts weiter solle aufs Plakat, hatte er bestimmt, kein Name - auch kein Vorname -, eben nur: Das singende Model. Und so solle es in aller Zukunft bleiben.

Seine Erwägung war, dass hier nicht das Singen, sondern das „Model" im Vordergrund stand: Selbst, wenn die Stimme nicht reichen sollte, blieb immer noch das Aussehen - und das war über alle Zweifel erhaben. Bianca Fischer hatte auf unterer Ebene bereits mehrere Misswahlen gewonnen. Sie war Miss Strandbad, Miss Kleingarten, Miss Hochhaus und hatte alle Aussicht, demnächst zur Miss Vergnügungspark aufzusteigen. Jeder Verein riss sich um sie, weil sie alle bei ihren Stiftungsfesten Misswahlen durchführten, und nur der bekannte Stimmungsklub 1910 griff daneben, weil er das singende Model zur „Miss Stimmung" küren wollte und dabei nicht bedachte, dass durch falsche Betonung eine Missstimmung herauskam.

Aber ansonsten konnte Bianca zufrieden sein. Man sprach von ihr, sie wurde hin und wieder in der Zeitung abgebildet, und die kleinen Lieder, die sie sang, kamen groß an. Schließlich erwartete man keine Maria Callas; die Zuhörer freuten sich vielmehr über die Natürlichkeit ihres Auftretens, bewunderten ihre Garderobe und nahmen einige stimmliche Schwierigkeiten gern in Kauf.

Das singende Model war blond, von schlanker Figur, dabei jedoch ausreichend proportioniert, und hatte in ihren Augen einen Ausdruck von Schalk, der durch ihre oft sehr quirligen Bewegungen um ein Mehrfaches unterstützt wurde. „Wenn man sie singen hört, sieht man ihr das Mannequin an", pflegte ein alter Fachmann zu sagen, und in der Tat war beides nicht voneinander zu trennen. Auf jeden Fall hatte ihr Entdecker mit dem Slogan „Das singende Model" einen Glücksgriff getan und seine Tantiemen ehrlich verdient.

Zur Auswahl ihres Programms trug er allerdings weniger bei. Dazu hatte Bianca ihren Großvater. Es war dies ein über siebzig Jahre alter Greis, bei dem sie seit einigen Jahren wohnte und den alle Nachbarn kurz den „Professor" nannten, wobei niemand wusste, was für ein Professor er eigentlich war. Sie wussten nur, dass Bianca keine Eltern hatte - jedenfalls lebten sie nicht hier - und dass sie seit ihrer Volljährigkeit dem Professor, also ihrem Großvater, den Haushalt führte.

Professor Fischer hing an seiner Enkelin, suchte für sie die passenden Lieder aus, begleitete sie am Klavier und ging sogar hin und wieder in ihre Vorstellung, um den

Erfolg seiner Mühen zu genießen. Aber er war nicht nur ihr künstlerischer Berater. Eigentlich kam das erst in zweiter Linie. Zuerst und vor allem sorgte er sich um sie als Mensch, genauer gesagt: um ihre Behauptung als Frau. Mit zweiundzwanzig ist man kein Mädchen mehr - schon gar nicht, wenn man als „singendes Model" auftritt. Da steht man an der Schwelle zur Frau, und diese Schwelle birgt Gefahren in sich.

Der Großvater versuchte sich zwar nicht als Aufklärer (da hätte ihn Bianca ausgelacht), aber mit einigen gezielten Bemerkungen drang er in das Innenleben seiner Enkelin ein. Er führte ihr vor Augen, dass sie nun viel mit Männern zu tun habe und sie deshalb besonders auf der Hut sein müsse. „Erwecke ruhig Hoffnungen", sagte er, „aber lass dich nicht ernsthaft ein!" Männer seien wie Kinder: Sie erwarteten, dass man mit ihnen spiele - nur müsse es halt beim Spiel bleiben. Vor allen Dingen solle sie den letzten Schritt nur mit einem Manne tun, den sie wirklich liebe und heiraten wolle.

Das war alles ein bisschen altväterlich, doch fiel es bei Bianca auf geeigneten Boden. Obgleich sie gern flirtete, blieb sie vorsichtig und ließ in letzter Konsequenz niemanden an sich heran. Vielleicht war es gerade das, was die Männerwelt besonders reizte; denn natürlich hatte es sich unter dem Gewimmel von Managern, Werbeleitern, Redakteuren und Fotografen sehr bald herumgesprochen, dass bei ihr niemand „landen" konnte.

Wenn sie irgendwo übernachten musste, war ihr Hotelzimmer für jedermann tabu, und falls sie jemand

28

unbedingt zu sprechen wünschte, wurde er in den Empfangssalon gebeten. Das „singende Model" war eine Art Komet, den man zwar bewundern, aber nicht vom Himmel herunterholen konnte.

Natürlich war das nicht allein das Werk des Großvaters, wenngleich er viel dazu beigetragen hatte. Es entsprach vielmehr in großem Maße ihrer eigenen Lebensauffassung. Sie war intelligent, hatte eigentlich nach dem Abitur studieren wollen, aber da kam die plötzliche Gelegenheit, einen Mannequin-Kursus zu besuchen, sie wurde auf Modetourneen eingesetzt, und als Herr Michalski (so hieß der spätere Manager) ihre Stimme entdeckte, stand für sie fest: sie wolle es erst einmal auf diesem Gebiet versuchen.

Ein Glücksfall hierbei war ihr Großvater. Selbst musisch veranlagt, hatte er die Neigung seiner Enkelin mit Interesse verfolgt und tatkräftig gefördert. Nicht nur, dass er sie am Klavier begleitete - auch auf die persönliche Note ihrer Programme, auf ihre damit verbundene Ausstrahlung übte er Einfluss.

Berichten wir von einer kleinen Begebenheit: Bianca hatte das bekannte Lied „La Paloma" ausgesucht. Mehrere Textversionen standen zur Verfügung. Eine uralte, die mit den Worten begann: „Mich rief es an Bord, es wehte ein frischer Wind", eine zweite in Form eines Matrosenliedes, das Hans Albers in dem Film „Große Freiheit Nr. 7" gesungen hatte, und eine neuere, gesungen von Mireille Mathieu.

Von allen diesen Texten wollte der Großvater nichts wissen. „Kitsch", sagte er und fügte hinzu, dass alle diese Nachdichtungen mit der Urfassung des Liedes nichts zu tun hätten. Und dann schilderte er seiner Enkelin die Geschichte des Liedes „La Paloma" - und wer ihm jetzt zuhörte, würde verstanden haben, weshalb die Nachbarn ihn schlichtweg den „Professor" nannten.

Im Jahre 1861 sei ein spanischer Komponist, der gleichzeitig Gesangsmeister der französischen Kaiserin gewesen war, nach Kuba gekommen, habe dort die kreolische Volksmusik studiert und nach deren Rhythmen zahlreiche Lieder geschaffen. Eines davon sei „La Paloma" gewesen. Die seinerzeit berühmte Sängerin Concha Mendez habe das Lied 1863 nach Mexiko mitgenommen und im Nationaltheater der Hauptstadt zum ersten Male gesungen.

Die Wirkung soll eine unbeschreibliche gewesen sein, und der österreichische Kaiser Maximilian überreichte Concha Mendez ein Bild des Kaiserpaares, das die Widmung trug: „Der Sängerin der 'Paloma'. Maximilian, Charlotte". Nach dem Sieg der Revolution unter Juarez sei das Lied durch das österreichische Gefolge zuerst nach Wien gelangt, von wo aus es den Siegesflug in alle Länder der Erde antrat.

Bianca hatte die Erzählung des Großvaters mit wachsendem Interesse angehört. „Und wie heißt der Komponist?" fragte sie. „Ein gewisser Sebastian de Yradier", erklärte er. „Übrigens habe ich alles, was ich dir jetzt erzählt habe, in einem wissenschaftlichen Artikel gelesen. Warte, ich suche dir ihn heraus!" Er ging zum Bücherregal und nahm eine Zeitschrift zur Hand.

„Hier, im Musik-Echo hat es gestanden. Ein längerer Aufsatz: 'La Paloma - Geschichte eines Liedes'. Du müsstest es einmal lesen. Vor allem hat der Autor eine eigene Textfassung versucht - eine, die sich an das spanische Original hält. Das wäre vielleicht sogar etwas für dich." Bianca warf einen Blick auf den Artikel. „La Paloma mit einem neuen Text", raunte sie, „keine schlechte Idee." Und sie begann zu lesen, wobei ihre Stimme bereits die Melodie intonierte:

Als ich von Havanna wegging, es musste sein,

hat niemand mich gehen sehen. Ich war allein.

Nur ein hübsches junges Mädchen aus Mexiko

sprach heimlich ein Wort zum Abschied, und das klang so:

„Kommt eine Taube einst durch dein Fenster 'rein,

sei immer lieb zu ihr; denn ich werd' sie sein.

Flüstre ihr zu, wie innig du an mich denkst.

Mir gilt es, wenn mit Blumen du sie bekränzt."

„O mein Mädchen - wie schön,

deine Augen zu sehn,

deine Stimme zu hören, mein Mädchen,

lass uns gemeinsam gehn!"

31

Langsam waren ihre Worte verklungen. „Das ist ganz anders als die sonstigen Fassungen", stellte sie fest. „Eine wortgetreue Nachdichtung", bemerkte der Großvater, „mit viel Poesie und auch mit viel Heiterkeit. Hier, lies mal die letzte Strophe!" Bianca sah auf den Schluss:

Ist dann nach der Hochzeit längere Zeit vorbei,

erfüllt unser Heim ein Lachen und ein Geschrei.

Denn mindestens sieben, was sage ich - o Schreck! -

fünfzehn kleine Mexikaner stehn uns im Weg.

Sie musste lachen. „Das ist ja frivol!" kicherte sie. „Und trotzdem schön." „Wie die mexikanische Lebensart", versicherte der Großvater. „Und du darfst nicht vergessen: am Schluss kommt immer der Refrain mit der Taube." „Ein herrliches Lied", jubelte die Enkelin, „das werde ich lernen." Sie blätterte in dem Artikel. „Von wem ist eigentlich der neue Text?" „Der Autor heißt Robert Burli", las der Großvater ab. „Wenn du das Lied öffentlich singen willst, brauchst du seine Genehmigung. Am besten, du schreibst an die Zeitschrift."

Bianca überlegte nicht lange. Ihr Brief gelangte nach einigem Hin und Her in Roberts Hände. „Sehen Sie sich das an!" sagte er zu Frau Golombek. „Da will eine Sängerin meinen Text auf die Bühne bringen." Die Wirtin unterzog das Schreiben einer kurzen Prüfung. „Der Handschrift nach zu urteilen, scheint das eine junge Dame zu sein", erklärte sie, „aber wie das Ganze formuliert ist - ich weiß nicht: das kann ein älterer diktiert haben." Sie blickte ihren Untermieter an, als wollte sie sagen: „Was meinen Sie, Doktor Watson?"

Robert Burli musste über die Kombinationsgabe seiner Wirtin schmunzeln. „Auf alle Fälle ist das eine interessante Sache", stellte er fest. „Nur müsste ich wissen, in welchem Rahmen das Lied kreiert werden soll. Ich werde ihr schreiben und sie um nähere Angaben ersuchen." „Warum schreiben?" entgegnete Frau Golombek. „Die Dame wohnt in unserer Nachbarstadt. Fahren Sie hin! Persönlich klärt sich so was am besten."

Tatsächlich, die findige Wirtin hatte bereits die Absenderadresse gelesen, bevor ihr Untermieter überhaupt zur Besinnung kam. „Jacobstraße, die ist nicht weit vom Bahnhof", erklärte sie, „ich war schon öfter dort. Und melden Sie sich nicht erst großartig an! Sagen Sie einfach, Sie hätten zufällig dort zu tun und wären auf gut Glück ... na, Sie kriegen das schon hin."

Die Ratschläge waren wie ein Wasserfall aus ihr herausgesprudelt, und Robert Burli wäre sich wie ein undankbarer Schüler vorgekommen, wenn er sie nicht beherzigte. „Ich habe stets gesagt, man soll die Flinte nicht ins Korn werfen", fügte die Wirtin hinzu, „und jetzt sehen Sie, dass ich recht habe. 'Immer, wenn du denkst, es geht nicht mehr, kommt von irgendwo ein Lichtstrahl her' heißt es in einem alten Gedicht. Ja, man soll die alten Weisheiten nicht unterschätzen."

Sie drückte ihm den Brief in die Hand. „Gute Reise, Herr Burli, und viel Erfolg!" „Danke, Frau

Golombek!" Beinahe hätte der Musikhistoriker die Hacken zusammengeknallt, aber sie war schon draußen. Auf alle Fälle waren die Weichen gestellt, daran gab es nichts zu rütteln.

Der verbindliche Ton des Briefes jener jungen Dame ließ auch keine andere Wahl zu - ganz abgesehen davon, dass es Herrn Burli nicht gleichgültig war, was aus seiner Nachdichtung werden sollte. Insgeheim hatte er es sich sogar gewünscht, dass sie einmal gesungen würde; aber, dass eine Sängerin direkt an ihn herantrat, hätte er sich nicht träumen lassen. Wie war sie überhaupt auf ihn gekommen? Wurde das Musik-Echo sogar von jungen Damen gelesen? Fragen über Fragen. Aber das würde sich übermorgen klären, da fährt er hin, und dann würde man weitersehen.

Das Haus Jacobstraße 5 lag ziemlich abseits. Es war ein kleines Einfamilienhaus mit einem hübschen Vorgarten. „Fischer" stand unter dem Klingelknopf, und Robert Burli läutete zaghaft; denn es war nachmittags um drei, und er wusste nicht, ob er gelegen komme. Von innen her näherten sich Schritte. Weibliche Schritte, das hörte er am Klang der Absätze. Außerdem schien es ihm, als ob die Dame etwas vor sich hin geträllert hätte, aber da konnte er sich irren, und das Trällern war auch bald verstummt.

Ein Schlüssel wurde innen herumgedreht, die Tür geöffnet. „Guten Tag! Sie wünschen?" Bianca stand vor ihm. Ihr Gruß war sehr freundlich über die Lippen gekommen, und er blickte sie einen Moment schweigend an. So hatte er sich die Schreiberin des Briefes gar nicht vorgestellt. Gewiss, er hatte gehofft, sie würde ihm gefallen - aber, dass es gleich eine Schönheit sein musste, war zu viel des Guten.

Er begann zu stottern. „Guten Tag! Ich bitte um Entschuldigung, dass ich so plötzlich ..., so unangemeldet ..., so ganz ohne Vorankündigung ...“ Er machte eine Verbeugung. „Mein Name ist Burli.“ „Herr Burli!“ rief Bianca aus. „Welche Überraschung!“ Sie reichte ihm die Hand. „Seien Sie willkommen! Da wird sich mein Großvater freuen.“ Sie schob ihn in die Wohnung. „Das hätte ich nicht gedacht, dass Sie persönlich erscheinen.“ „Ich hatte hier zu tun“, sagte Robert und wurde von ihr ins Wohnzimmer geleitet.

„Großvater, das ist Herr Burli!“ rief sie und wandte sich an ihren Besucher: „Darf ich vorstellen: mein Großvater, Professor Fischer.“ „Guten Tag, Herr Professor!“ sagte Robert und ergriff die dargereichte Hand des Alten. „Ich muss mich vielmals entschuldigen. Eigentlich hätte ich mein Kommen ankündigen sollen.“ „Wer wird so altmodisch sein!“ erwiderte der Professor. „Das Unverhoffte hat auch seine Vorteile. Jetzt können wir mit vollem Recht sagen: Wir sind überhaupt nicht vorbereitet!“

Er lachte laut, und Robert lachte mit, obwohl er sich in seiner Haut nicht wohl fühlte. Es war vielleicht doch nicht gut, in allem Frau Golombeks Rat zu folgen. Aber nun war er hier, und Fräulein Bianca bot ihm mit so unbefangener Miene einen Platz an, dass er wieder Mut schöpfte.

„Wir haben Ihren Artikel über 'La Paloma' mit großem Vergnügen gelesen", sagte der Großvater. „Das war für uns ziemliches Neuland. Man kann sich gar nicht denken, dass ein harmloses Lied solche historischen Wurzeln hat. Das spielt, wie man sieht, direkt in den Konflikt zwischen Juarez und Maximilian hinein."

„Mehr noch, als ich es in meinem Artikel beschrieben habe", ergänzte Robert, „ich wollte schließlich keinen Roman daraus machen. Aber Tatsache ist, dass 'La Paloma' nach dem Sieg der Revolution zu einem Kampflied wurde." „Ein Kampflied?" fragte Bianca ungläubig. Robert nickte. „Man hat eine Coda hinzugefügt, deren Text in der wörtlichen Übersetzung lautet:

Hat man dir nicht das famose Kuvert gezeigt,

Das die Österreicher meinem Herrn geschenkt?

Darin stand, dass der Krieg zu Ende ist,

Und drei Oblaten haben sie fest aufgeklebt!

Das heißt, La Paloma wurde als Kampflied gesungen - und was ganz bedeutsam ist: Noch im Zweiten Weltkrieg hat die chilenische Sängerin Rosita Serrano diesen Text in Deutschland verbreitet - nur ist ihr Spanisch nicht von vielen verstanden worden. Aber die Schallplatte der Firma Telefunken - und zwar eine Aufnahme unter der Leitung von Michael Jary - gelangte in viele Wohnungen, und wer genau hinhörte, konnte den Aufruf gegen den Krieg verstehen."

„Unglaublich" murmelte der Professor. „Hat das Goebbels nicht gemerkt?" „Rosita Serrano hat das alles sehr schnell gesungen - und noch dazu spanisch", erklärte Robert. „Da kam es ihm spanisch vor", fügte Bianca hinzu, und die drei lachten, dass in der Vitrine die Gläser zu klirren begannen, worauf der Professor sich erhob und jovial verkündete: „Na, wollen wir erst einmal anstoßen!"

Er ging zur Vitrine, indessen die Enkelin in den Keller eilte, um einen guten Tropfen ausfindig zu machen. „Sind Sie eigentlich Musiker oder Wissenschaftler?" fragte der Großvater, als er sich wieder zu Robert setzte. „Wenn ich das selbst wüsste!" seufzte dieser. „Ich bin so ziemlich beides. Ich spiele Klavier und betreibe historische Forschungen. 'Musikhistoriker' hat man mich genannt - aber jetzt bin ich arbeitslos."

Dem Großvater stand der Mund offen. „Arbeitslos?" stammelte er. „Es lässt sich nicht leugnen", stellte Robert fest. „Offenbar das Normale heutzutage." „Na, na", wehrte der Alte ab. „Wer etwas kann, kommt bestimmt irgendwo unter." Dann neigte er sich ihm vertrauensvoll zu. „Was hat Ihnen denn das Genick gebrochen?"

„Das ist ganz eigenartig", erwiderte Robert. „Es geht auf denselben zurück, der mich zu Ihrer Enkelin geführt hat. Ich meine den Komponisten des Liedes 'La Paloma'." Der Großvater horchte auf. „Dieser Yradier?" „Ja, dieser Sebastian de Yradier. Er hat nämlich außer unzähligen anderen herrlichen Liedern auch die

Habanera aus der Oper 'Carmen' komponiert. Sie wurde von Bizet übernommen.

Und weil ich das im Musik-Echo geschildert habe, hat man mich gefeuert. Meinem Chef passte es nicht in den Kram. Sehen Sie, so einfach ist die Geschichte. Und nun werden Sie verstehen, dass ich eine gewisse Genugtuung empfinde, wenn mir ausgerechnet dieser Komponist, dem ich meine Entlassung verdanke, mit seiner 'Paloma' wieder die Hand reicht. Irgendwie war er mir das schuldig."

Der Großvater lächelte. „Sie sind ein kleiner Philosoph." „Zuviel der Ehre", wehrte Robert ab. „Aber darf ich einmal fragen, was Sie sind?" „Philosoph", antwortete der Alte. „Genauer gesagt: Professor der Philosophie." Robert Burli deutete eine Verbeugung an. „Meine Verehrung!" „Stehen Sie bequem!" murmelte der Professor, und beide lachten, indessen Bianca den Wein brachte, einschenkte und sich zu ihnen setzte.

„Wollen wir erst einmal anstoßen!" sagte sie. „Auf was wollen wir trinken?" „Ich würde sagen: auf 'La Paloma'!" erwiderte Robert. Der Professor erhob sein Glas. „Sagen wir: auf unseren verehrten Yradier!" „Auf Yradier!" sprachen Bianca und ihr Besucher im Sprechchor. Dann klangen die Gläser, und ein Kenner hätte den Rhythmus des Liedes „La Paloma" heraushören können.

Es blieb ohnehin ihr Hauptgesprächsstoff. Wie er zu ihrem Angebot stehe, wollte Bianca wissen und erklärte, dass sie Herrn Michalski - das sei ihr Impresario -

bereits den Vorschlag unterbreitet habe, dem Schöpfer der Nachdichtung fünf Prozent der Einnahmen zuzubilligen. Herr Michalski sei damit einverstanden und nun komme es darauf an, ob auch er - Robert Burli - mit dem Angebot zufrieden sei.

„Mit so etwas habe ich gar nicht gerechnet", bekannte der Dichter und fügte hinzu: „Das wird doch für Sie viel zu teuer. Sie singen an einem Abend schließlich mehrere Lieder, und nur der eine Text ist von mir."
„Aber es ist der Knüller!" betonte die Sängerin. „Der Aufhänger, sozusagen. Was meinen Sie, wie die Leute lauschen werden, wenn sie das gewohnte Lied in einer ganz anderen Fassung hören - noch dazu, wenn wir im Programm vermerken, dass dieser Text dem Original entspricht! Nein, da können Sie Ihr Gewissen beruhigen: Ein paar Brocken haben Sie sich redlich verdient.
"

„Sie müssen die Ausdrucksweise meiner Enkelin entschuldigen", sagte der Professor, „aber sie geht ganz in der Sache auf. Sie ist sozusagen Feuer und Flamme."
„Du sollst nicht übertreiben, Großvater!" ermahnte ihn die Enkelin und wandte sich wieder an den Dichter: „Wir wollen in Kürze mit der Einstudierung des neuen Programms beginnen. Wenn alles klappt, wird es in vier Wochen im Hotel Grasmeyer über die Bühne gehen. Selbstverständlich sind Sie unser Ehrengast. Zwischendurch werde ich Ihnen auf alle Fälle schreiben. Aber ich sehe schon, wir haben das Trinken vergessen. Zum Wohl!" „Auf 'La Paloma'!" erwiderte Robert. Und die Gläser klangen ...

Es war spätabends, als Bianca Herrn Burli zum Bahnhof geleitete. Obwohl sie in den vergangenen Stunden viel gelacht und geredet hatten, gingen sie fast schweigsam nebeneinander her. Nur gelegentlich ein paar Worte über den Sternenhimmel und das Rauschen der Bäume, mehr war nicht zu vernehmen. Offenbar hatte jeder seine eigenen Gedanken.

Erst kurz vor dem Bahnhof brachte Robert einige zusammenhängende Sätze über die Lippen. „Ihr Großvater ist ein prächtiger Mensch", sagte er, „sehr lebenserfahren und mit so viel Verständnis für alles. Ich bewundere ihn. Wie alt ist er eigentlich?" „Siebenundsiebzig", erwiderte Bianca. „Aber das will er nicht hören. 'Zwei goldene Siebenen' sagt er immer."

„Die Umschreibung eines Philosophen", bemerkte Robert. „Trotzdem, ich hätte ihn für jünger gehalten." „Das sagen alle", stellte sie fest. „Dabei ist er schon seit zwölf Jahren emeritiert. Er hatte den Lehrstuhl für klassische Philosophie inne. Sein Steckenpferd: die Alten Griechen. Ist Ihnen das ein Begriff?"

„Mit Domitian war ich gut befreundet", hätte Robert beinahe gesagt, doch da fiel ihm ein, dass das ein römischer Kaiser war, und so sagte er nur: „Es gibt keine Noten aus dieser Zeit." Bianca blickte ihn an. „Richtig, Sie leben in der Musik. Da haben Sie es natürlich schwerer. Baudenkmäler gibt es aus dem Altertum, auch Dichtungen, sogar einige Malereien - aber was es für eine Musik war, welche Melodien damals erklangen, das ist uns nicht überliefert. Ein trauriger Befund für einen Musikhistoriker, nicht wahr?"

„Wie recht Sie haben!" sagte Herr Burli und war stehengeblieben. „Ich habe noch nie einen Menschen getroffen, der mich so verstanden hat - und den ich gleichzeitig bewundere." Bianca senkte den Kopf. „Sie beschämen mich." „Nein, es stimmt", bekräftigte er. „Sie sind eine wunderbare Frau." Sie sah ihn an. „Kommen Sie, Ihr Zug fährt!" sagte sie plötzlich, hakte ihn unter und brachte ihn sicher zum Bahnsteig.

Er war noch keine drei Tage zu Hause, als ein Brief von ihr eintraf: „Lieber Herr Burli! Seien Sie bitte nicht überrascht, wenn ich Ihnen so schnell schreibe - aber ich möchte Ihnen Dankeschön sagen, für Ihren Besuch bei uns, für die freundliche Bereitschaft zur Überlassung des Paloma-Textes und für das Geschenk Ihrer liebenswerten Bekanntschaft. Nun stehe ich ein bisschen in Ihrer Schuld, besser gesagt: in einer gewissen Erwartungshaltung hinsichtlich der Premiere unseres Liedes. Ich habe ein mächtiges Fracksausen, wenn ich daran denke. Das Publikum im Hotel Grasmeyer ist unberechenbar, und mit so gütigem Auge wie Sie wird man mich dort nicht betrachten, das ist gewiss. Aber ich werde mich anstrengen und Ihnen hoffentlich Ehre machen, wenn Sie kommen. Bis dahin wünsche ich Ihnen alles Gute! Bianca Fischer."

Robert Burli las den Brief mehrere Male. Und immer wieder musste er schmunzeln: über das „Fracksausen", über das unberechenbare Publikum im Hotel Grasmeyer, über das Geschenk seiner liebenswerten Bekanntschaft - über all die Formulierungen, die teils spaßig waren, teils zu Herzen gingen. Ein „gütiges Auge" jedenfalls hatte bei ihm noch niemand festgestellt, und doch musste es irgendwie stimmen. Diese junge Sängerin sah vielleicht tiefer als andere.

Er entschloss sich zu einer kurzen Antwort: „Liebes Fräulein Bianca! Ihr Brief macht mich etwas verlegen. So ein Idealtyp, wie Sie ihn schildern, bin ich bestimmt nicht. Sie brauchten nur meine Wirtin zu fragen. Aber wir wollen nicht von mir reden. Jetzt ist Ihr Auftritt das Wichtigste. Ich drücke Ihnen ganz kräftig die Daumen! Grüßen Sie Ihren Großvater recht herzlich - wenn ich an ihn denke, weiß ich Sie in guter Obhut. Halten Sie mich weiterhin auf dem laufenden. Auch Ihnen alles Gute! Robert Burli."

Kaum hatte er seine Zeilen noch einmal gelesen, zerriss er den Brief. „So ein Schmarren!" murmelte er. „Herzloser geht's nicht!" Er setzte sich in den Sessel und blickte mürrisch vor sich hin. „Männer können keine Briefe schreiben", raunte er, „zumindest keine Liebesbriefe."

Damit hatte er nicht so unrecht. Wenn er sein Geschreibsel mit dem Brief Biancas verglich, konnte ihm übel werden. Aber dass er das überhaupt erkannte, war schon ein Hoffnungsschimmer. Lieber nicht antworten als verkehrt, sagte er sich und überließ das Weitere dem Schicksal.

Das Schicksal hieß in diesem Falle „Herr Michalski". Als Manager des von ihm entdeckten singenden Models hatte er eine knallharte Lebenseinstellung: Dieses junge Mädchen namens Bianca Fischer interessierte ihn persönlich überhaupt nicht. Er empfand keinerlei menschliche Zuneigung. Sie war für ihn eine Geldquelle, eine Art Aktie, eventuell ein Lotterieschein (man wusste nicht, was herauskommt), aber auf keinen Fall ein menschliches Wesen.

In gewisser Weise bedeutete das für Bianca einen Schutz. Von ihm hatte sie keine Annäherungsversuche zu befürchten. Welch ein Glück, dass es solche Michalskis gab! Und dann war Michalski auch noch am Inhalt ihres Programms interessiert. Er ging alle vom Großvater ausgesuchten Texte durch, und als er die Übersetzung Robert Burlis gelesen hatte, war er begeistert. „Das müssen wir uns sichern", sagte er und hatte in Gedanken bereits die Überschrift der Plakate entworfen:

Das singende Model

mit der Originalversion des Welthits „La Paloma"

Natürlich sollte das Lied nicht gleich am Anfang des Programms stehen, sondern hübsch in der Mitte als Abschluss vor der Pause. Und dann würde es als Krönung des Ganzen noch mal als Zugabe verlangt werden, mit einem Wort: hier war psychologisches Feingefühl gefragt.

Zuvor jedoch wurde es einstudiert, und da gab es die ersten Probleme. Merkwürdigerweise kamen die Bedenken von Bianca selbst. Es ging um die zweite Strophe, die in Robert Burlis Nachdichtung in strenger Anlehnung an den Urtext folgendermaßen lautete:

Der Tag unsrer Hochzeit wird unvergesslich sein,

und alle die Gäste werden sich mit uns freun.

Wer das nicht versteht, den lachen wir einfach aus:

Wir gehn aus der Kirche schlafen in unser Haus!

„Kann man das wirklich so bringen?" fragte Bianca. „Mir kommt es etwas obszön vor." „Seit wann bist du so feinfühlig!" erwiderte Michalski. (Er sagte immer „du", und Bianca ließ ihn gewähren, weil sie wusste, wie es gemeint war.) „Du hast selbst gesagt, dass das Lied in Kuba entstanden ist. Die Leute dort sind frivol und heiter zugleich. Wenn wir schon die Originalversion bringen, dürfen wir daran nichts ändern. Das gilt übrigens auch für die dritte Strophe." Diese dritte Strophe beschrieb die Hochzeitszeremonie:

Wenn laut in der Kathedrale die Orgel klingt

und leise der kleine Propst seinen Segen singt,

dann reiche ich dir das Händchen und sage „du".

Der Weihwedel schlägt dann zweimal den Takt dazu.

Im katholischen Kuba und mehr noch in Mexiko enthielten Liebeslieder zuweilen kirchliche Elemente. „La Paloma" machte da keine Ausnahme. Aber es tat dies auf eine humorvolle Art. Der „Weihwedel", der „zweimal den Takt" dazu schlägt, ist so ein Beispiel, wie überhaupt das ganze Lied.

„Du musst die Sache mit dem kleinen Propst, der seinen Segen singt, sehr einfühlsam interpretieren", riet Michalski, „mit einem Augenzwinkern sozusagen. Man darf nie vergessen, dass es ein lustiges Lied ist - nicht so ein Matrosenseufzer wie hierzulande in den letzten Jahrzehnten." Fast schien es, als sei dieser Michalski kein Manager, sondern ein Kulturwissenschaftler ersten Ranges. Auch Bianca hatte diesen Zug an ihm bereits des Öfteren bewundert und war froh, einen solchen Impresario zu haben.

„Eigentlich ist das ganze Lied ein Zwiegespräch", erklärte Michalski, „das meiste singt er. Aber das Wichtigste, nämlich die Parabel von der durchs Fenster hereinfliegenden Taube, singt seine Partnerin. Und da das der Refrain ist, kommt ihm die größte Bedeutung zu. Das verlangt den stärksten Ausdruck. Komm, jetzt üben wir diesen Refrain!"

Es waren anstrengende Wochen für Bianca. Schließlich hatte sie nicht nur „La Paloma" einzuüben, sondern noch viele andere Lieder. Aber es machte ihr Spaß, und als der Tag der Premiere herangerückt war und sich im Hotel Grasmeyer eine ansehnliche Zuhörerschar - unter ihnen Robert Burli - eingefunden hatte, konnte man den Dingen getrost ins Auge sehen.

In der Tat machte das „singende Model" seinem Ruf alle Ehre: Bereits die ersten Lieder kamen an, und man wartete mit Spannung auf die angekündigte Neufassung der „Paloma". Robert Burli zitterte wie ein Primaner vor der Reifeprüfung. Wie würde wohl sein Text aufgenommen werden? Die Einleitungstakte im

Habanera-Rhythmus ertönten, Bianca tänzelte zur Mitte und begann mit verhaltener Stimme zu singen:

Als ich von Havanna wegging - es musste sein -,

hat niemand mich gehen sehen. Ich war allein.

Die Geschichte einer großen Liebe - vom ersten Kennenlernen über die Hochzeit bis zum reichen Kindersegen - zog an den Zuhörern vorüber. Lyrisches, Frivoles und Heiteres - alles in einem einzigen Lied. Als Bianca geendet hatte, war das Auditorium eine Zeitlang ergriffen. So etwas hatten sie nicht erwartet. Aber dann erhob sich ein Beifallssturm sondergleichen. Das „singende Model" wurde immer wieder auf die Bühne gerufen, erhielt Blumen über Blumen - und dabei war das Programm noch gar nicht zu Ende.

Es war erst Pause, und die nutzte Robert, um die Sängerin in ihrer Garderobe aufzusuchen. „Sie waren wunderbar", sagte er, doch Bianca winkte ab. „Ihr Text war es", berichtigte sie. „Der ist nicht von mir", stellte er fest, „ich habe ihn nur übersetzt. Er stammt, wie Sie wissen, von dem Komponisten Yradier." „Aber Ihre Nachdichtung ist herrlich", beharrte die Sängerin, „und Sie haben gesehen, wie sie angekommen ist." „Dank Ihrer Interpretation", versicherte Robert.

„Nun streitet nicht hier herum!" unterbrach eine männliche Stimme. Es war Michalski, der lautlos eingetreten war. „Wenn einer den Erfolg an seine Federn zu heften hat, dann bin ich das! Was wärt Ihr beiden ohne mich? Ein paar unbekannte Wesen!" Bianca musste lachen.

Sie hatte Herrn Burli bereits diesem Michalski vorgestellt, wobei letzterer dem Dichter prophezeite: „Sie werden staunen, was wir aus Ihrem Geschreibsel gemacht haben!"

„Den muss man nehmen, wie er ist", hatte Burli" vor sich hingemurmelt und war auch jetzt von der Art des Managers keineswegs überrascht. „Ich gebe zu, ohne Sie wären wir Nullen", sagte er demütig, und Michalski war gar nicht imstande, die Ironie herauszuhören. „Auf alle Fälle lade ich euch zu einem Umtrunk nach der Vorstellung ein", verkündete er, indessen das Klingelzeichen ertönte. „Aber erst geht's mal in die nächste Runde!"

Wie er es vorausgesehen hatte, wurde am Schluss des Programms noch einmal „La Paloma" verlangt und erzielte einen noch größeren Erfolg als vor der Pause. Bianca wurde wie eine Königin gefeiert. Dann richtete sie ein paar Worte ans Publikum: „Ihr Beifall ehrt mich, meine Damen und Herren. Aber wir sollten auch dem Manne dankbar sein, der uns die neue Nachdichtung dieses Liedes beschert hat. Er weilt unter uns. Es ist Herr Robert Burli!"

Sie trat vom Podest, ging auf Robert zu, ergriff seine Hand und zog ihn auf die Bühne. „Bravo!" riefen einige Zuhörer, andere folgten und schließlich scholl dem Dichter stürmischer Beifall entgegen. Schüchtern verbeugte er sich, küsste Bianca die Hand, und beide wurden am Ende gleichermaßen gefeiert.

Michalski stand im Hintergrund und schmunzelte. Seine Rechnung war aufgegangen. Das „singende Model" würde morgen in allen Zeitungen stehen und mit dem neuen Paloma-Text Furore machen. Sein beharrlicher Einsatz hatte sich gelohnt. „Ihr dürft auf mich anstoßen", sagte er, als sie in der Weinstube des Hotels beisammensaßen.

Bianca erhob ihr Glas. „Auf Ihr ganz Spezielles", sagte sie, „und auf zwei weitere Herren!" „Noch zwei?" fragte der Impresario. „Auf Sebastian de Yradier und Robert Burli!" erwiderte Bianca und stieß mit dem Dichter an. „Dem Lebenden zu Ehren des Toten!" „Es ist schön, dass Sie seiner gedenken", stellte Robert fest.

Die Gläser klangen, und nach einiger Zeit meinte Michalski, sie sollten ihm nicht böse sein, aber er habe noch einige Verpflichtungen, jedenfalls wünsche er ihnen noch einen angenehmen Abend, und man sehe sich hoffentlich bald einmal wieder. Bianca und Robert waren ihm wirklich nicht böse. Als er gegangen war, erklärte sie, dieser Mann sei Goldes wert, und seine Allüren müsse man in Kauf nehmen.

„Mir gefällt er auch", pflichtete Robert bei. „Schade, dass er gegangen ist." Bianca horchte auf. „Schade?" „Entschuldigen Sie", stotterte Robert. „Ich meinte natürlich: Gott sei Dank!" Und bei sich dachte er: Immer wieder mache ich Fehler - wo soll das bloß hinführen! „Wenigstens haben Sie heute einen schönen Erfolg gehabt", ermunterte sie ihn. „Sie werden sehen, es wendet sich alles zum Guten." Er war noch nicht ganz überzeugt. „Wir wollen das nicht überbewerten", sagte er. „Ein kleines Lied ersetzt keinen Beruf."

Die Sängerin schüttelte den Kopf. „Sie sind und bleiben ein Schwarzseher. Aber vielleicht sind Sie gar nicht so ein Pechvogel, als der Sie sich immer betrachten. Der heutige Abend hat doch da einiges gezeigt. Und was Ihre Arbeitslosigkeit betrifft, so seien Sie versichert: in kurzer Zeit wird sich da etwas ändern! Eine Frau erreicht manches, wenn sie will."

„Sind Sie neuerdings beim Arbeitsamt?" fragte Robert. Sie lächelte. „Ich bin eine Frau. Und ich schmeichle mir, ein bisschen Einfluss auf die Männerwelt zu haben. Wollen Sie Bürgermeister werden?" Robert lachte aus vollem Halse. „Das ist der Witz des Tages!" kicherte er. „Ich und Bürgermeister!" „Oder etwas Ähnliches", ergänzte Bianca.

Er sah sie groß an. „Und Sie wollen das bewerkstelligen?" „Kein Problem", winkte sie ab. „Was glauben Sie, wie viele einflussreiche Männer hinter mir her sind! Und warum sollte ich das nicht für eine gute Sache nützen?" „Da haben Sie auch wieder recht", stimmte Robert zu, und die Sängerin konstatierte mit Freuden, dass er ihr dabei heimlich zublinzelte.

Der Hinweis Biancas auf den Bürgermeisterposten war keine leere Floskel. Schon seit Wochen sah sich Bürgermeister Wenzel von verschiedenen Seiten bedrängt. Er saß „zwischen allen Stühlen" und hatte das einer etwas eigenwilligen Einstellung zur Demokratie zu verdanken. „Die Lehre von der Gewaltenteilung ist in modernen Staaten überhaupt nicht mehr durchzusetzen", war eines seiner Schlagworte - und allenthalben versuchte er, das auch zu begründen.

So argumentierte er, dass die drei berühmten Säulen - nämlich Gesetzgebung, Verwaltung und Justiz - gar nicht unabhängig voneinander existieren könnten, weil hinter ihnen als eigentlicher Spiritus rector die politischen Parteien stünden. Das habe der große Verfechter der Gewaltenteilungslehre, Montesquieu, natürlich nicht ahnen können, und überhaupt solle man sich an einen berühmten Staatsrechtler der Weimarer Republik erinnern, der wörtlich verkündet hatte: „Die Herrschaft der Parteien ist, bei Lichte besehen, die Herrschaft einer kleinen Gruppe von Leuten, denen es Freude macht, in der Politik tätig zu sein."

Man sieht, es waren harte Brocken, die der Bürgermeister Wenzel von sich gab, und als er gar noch behauptete, dass der altehrwürdige Grundsatz, die Abgeordneten seien nur ihrem Gewissen unterworfen, völlig die Realität des Fraktionszwangs verkenne, geriet er immer mehr in die öffentliche Schusslinie. Da nützte es ihm wenig, wenn er als Vergleich die Richter heranzog, die angeblich ebenfalls unabhängig waren und sich dennoch den jedesmaligen höchstrichterlichen Weisungen beugen mussten.

Er war halt in einer verzwickten Lage, der Bürgermeister Wenzel. Einesteils war er ein Anhänger der Demokratie, hatte aber gewisse Zweifel an ihrer Verwirklichung. Wie sah überhaupt die demokratische Willensbildung in jener kleinen Stadt aus, in welcher das Hotel

Grasmeyer den optischen Mittelpunkt darstellte? Nach dem Verfassungsgrundsatz „Alle Staatsgewalt geht vom Volke aus" gab es drei große Parteien, für die sich die Einwohner entscheiden konnten: die Bürgerpartei, die Volkspartei und die Freiheitspartei.

Die Bürgerpartei kämpfte um die Beibehaltung des gegenwärtigen Besitzstandes, die Volkspartei um die Schaffung noch nicht bestehenden Besitzstandes, und die Freiheitspartei heftete beide Forderungen auf ihre Fahnen. Demzufolge erhielt sie den meisten Zulauf. Im Grunde unterschieden sich die drei Parteien allerdings wenig.

Als die Bürgerpartei an der Macht gewesen war, hatte sich kaum etwas geändert, unter der Regierung der Volkspartei blieb alles beim Alten, und die derzeit herrschende Freiheitspartei erzielte dieselben Ergebnisse wie ihre Vorgängerinnen: die Stadt verschuldete immer mehr.

Bürgermeister Wenzel stand dem allen ohnmächtig gegenüber. Er verstand nicht, wie ein kommunales Unternehmen andere Gepflogenheiten haben konnte als ein privater Haushalt. Dass Ausgaben durch Einnahmen gedeckt werden müssen, wusste jedes Familienoberhaupt, nur der Stadtkämmerer nicht. Dieser ließ Schwimmhallen bauen, Golfplätze errichten, das Theater restaurieren, Feldwege pflastern, Jubiläen veranstalten, Sümpfe trockenlegen - alles löbliche Maßnahmen, wird man sagen, aber leider fragte er nie, woher das dazu notwendige Geld kommen sollte.

Zwischen Soll und Haben wurde die Spanne immer größer, und da der Stadtkämmerer persönlich nicht verantwortlich war, fiel das Ganze auf die Stadtverwaltung zurück. Die Stadtverwaltung, das war letzten Endes der Bürgermeister, und dieser war auf Vorschlag der Freiheitspartei von der Bevölkerung gewählt worden.

Das hatten sie nun davon, die mündigen Bürger. Sie hatten einen Mann in den Sattel gehoben, der ihre Stadt finanziell in den Ruin getrieben hatte. „Alle Staatsgewalt geht vom Volke aus!" Konnte das Volk die Folgen ahnen? Konnten die Bürger erkennen, was sie mit ihrer Wahl anrichteten? Die Demokratie stand vor einer harten Bewährungsprobe.

Der Vorstand der Freiheitspartei veranstaltete eine Tagung nach den andern. Ihm oblag die Verantwortung für eine neue Kandidatur. Als Bürgermeister musste ein Mann vorgeschlagen werden, der das Vertrauen der Öffentlichkeit genoss - möglichst einer, der noch nicht politisch hervorgetreten war und demzufolge noch nichts versprochen hatte. Ihm konnte niemand zur Last legen, dass er sein Wort nicht gehalten hätte. Aber wo sollte man einen solchen auftreiben? Der Parteivorsitzende Adami war ratlos.

Just in dieser beklagenswerten Situation kam ihm der Zufall zu Hilfe. Er hatte im Café Weinhold gesessen, soeben seinen gewohnten Kaffee bestellt, als draußen vor dem großen Fenster Bianca vorüberging und ihn kurz anblickte. Selbstverständlich kannte er das „singende Model", hatte schon öfter mit ihr gesprochen und grüßte sie, indem er sich freundlich nach vorn neigte.

Sie nickte ebenfalls und schien urplötzlich eine Idee zu haben: Jedenfalls setzte sie nicht ihren Weg fort, sondern betrat das Café Adami erhob sich und ging auf sie zu.

„Die Sonne geht auf", sagte er lächelnd, „und das bei diesem Wetter!" „Sie haben mich auf einen guten Gedanken gebracht", erwiderte Bianca, „eine heiße Zitrone könnte jetzt nicht schaden." „Darf ich Sie zu mir bitten?" Er geleitete sie an seinen Tisch, Bianca dankte und setzte sich. „Ich habe Sie schon öfter hier gesehen", stellte sie fest. „Das ist mein Stammlokal", bemerkte Adami, „hier kann man sich erholen und so richtig abschalten."

Sie sah ihn treuherzig an. „Macht Ihnen die Freiheitspartei so viel Kummer?" Er seufzte. „Hören Sie bloß auf! Sie wissen ja, was in unserer Stadt los ist. Bürgermeister Wenzel hat das Handtuch geworfen. Jetzt müssen wir einen neuen Mann finden. Aber woher nehmen und nicht stehlen!"

Die Kellnerin wandte sich an Bianca: „Guten Tag! Sie wünschen?" „Eine heiße Zitrone, bitte!" „Sehr wohl." Kaum war sie außer Hörweite, ging Bianca auf die Worte ihres Gesprächspartners ein. „Ich verstehe das alles nicht, Herr Adami. Ihre Partei hat so viele Mitglieder - da werden Sie doch wohl einen Geeigneten finden."

Der Vorsitzende winkte ab. „Wenn es einen solchen gäbe, wäre der Fall schon längst erledigt. Aber das sind alles kleine Lichter - ich meine, auf den Posten des

Bürgermeisters bezogen. Ein Bürgermeister muss wendig sein, muss reden können, sozusagen alles und nichts wissen, er sollte auch ein bisschen beliebt sein, eine gewisse Popularität genießen, mit einem Wort: ein Hans Dampf in allen Gassen.

Aber suchen Sie den mal bei uns! Nein, Fräulein Fischer, die Hoffnung habe ich aufgegeben. Es bleibt nur der Weg, dass wir einen Parteilosen nominieren - das wäre an sich legitim -, aber nicht mal einen Parteilosen können wir auftreiben! Wir sind halt eine Kleinstadt." Mit einem resignierenden Stoßseufzer hatte er seine Rede beendet.

Bianca blickte nachdenklich vor sich hin. „Ich würde Ihnen gern helfen", meinte sie schließlich, „nur - von Politik habe ich wenig Ahnung und von Kommunalpolitik schon gar nicht." Adami lachte. „So habe ich das nicht gemeint! Man will einfach jemandem sein Herz ausschütten. Dass Sie keinen Kandidaten auf Lager haben, ist klar."

Das „singende Model" zuckte plötzlich zusammen. Wieso war das eigentlich klar? Gewiss, sie stand nicht in der Politik - aber kannte sie wirklich niemanden, der als Bürgermeister geeignet wäre? „Wissen Sie, Herr Adami", sagte sie zögernd, „ganz so klar ist das gar nicht - ich meine, dass ich niemanden kennen würde, der - „Sie zögerte wieder.

„Fräulein Bianca!" entfuhr es dem Parteivorsitzenden, und dass er sie beim Vornamen nannte, offenbarte den Grad seiner Erregung. „Wollen Sie etwa andeuten, dass

...?" Er hielt inne; denn Bianca blickte ihm mit einem Charme in die Augen, der jedes weitere Wort bedeutungslos machte. „Ich verstehe", sagte er nur noch, und das singende Model wusste, dass jetzt alles darauf ankam, wie man diesem Adami die Sache schmackhaft machen konnte.

„Vielleicht erinnern Sie sich an mein letztes Konzert", begann sie. „Ich habe Sie von der Bühne aus gesehen: Sie saßen in der dritten Reihe und hatten eine rosa Fliege um, die ich sehr bewunderte." Unbewusst fasste Adami an seinen Hals. Er fühlte sich geschmeichelt und wurde rot. Doch zum Glück fuhr Bianca in ihrer Erzählung fort:

„Ich habe damals, wie Sie wissen, eine neue Fassung der 'Paloma' kreiert, die vom Publikum überaus günstig aufgenommen wurde. Sie stammte von dem Musikhistoriker Robert Burli. Sie kennen ihn. Er hat sich am Schluss auf der Bühne verneigt. Die Zeitungen haben ihm am nächsten Tag viel Lob gespendet, und er ist in unserer Stadt kein Unbekannter mehr. Leider teilt er das Schicksal vieler Intellektueller: er ist arbeitslos. Ohne eigenes Verschulden, muss ich hinzufügen. Eigentlich ist er ein Opfer seiner Wahrheitsliebe. Aber das näher zu erklären, würde hier zu weit führen. Mir kam nur der Gedanke, ob dieser Mann, der in unserer Stadt einen gewissen Bekanntheitsgrad - fast möchte ich sagen: Beliebtheitsgrad - hat, eventuell als Bürgermeister denkbar wäre."

Nun war es heraus. Bianca wusste selbst nicht, wie das alles gekommen war. So zielgerichtet, wie es den

Anschein hatte, war sie gar nicht ans Werk gegangen. Es war ein unerklärlicher Ablauf von innen heraus. Wie viele andere, musste sie erkennen, dass die Menschen oft Antrieben folgen, derer sie sich in letzter Konsequenz gar nicht bewusst sind.

Heimlich erschrak sie. Was hatte sie plötzlich dazu gebracht, sich hier unumwunden für diesen Herrn Burli einzusetzen? Gewiss, er war ihr sympathisch, es gab gewisse Bindungen - aber musste das alles gleich so weit gehen? Wie dem auch sei, jedenfalls konnte sie jetzt nicht mehr zurück; denn der Parteivorsitzende Adami griff ihren Vorschlag ohne Säumen auf.

„Eine wunderbare Idee!" stellte er fest. „Vielleicht hilft uns das Ganze aus der Krise. Man müsste es auf alle Fälle versuchen. Können Sie ein Gespräch mit Herrn Burli vermitteln?" Bianca erschrak. Da hatte sie was eingerührt! Und alles, ohne den Betroffenen zu fragen.

„Ich weiß nicht, wie er dazu steht", flüsterte sie, aber Adami war bereits Feuer und Flamme. „Das lassen Sie meine Sache sein", bemerkte er. „Die Hauptsache, Sie arrangieren ein Treffen. Abgemacht?" Gehorsam nickte Bianca. Mit der Freiheitspartei gab es kein Diskutieren. „Wir können das Gespräch bei meinem Großvater führen", sagte sie - und bereits drei Tage später waren sie um den runden Tisch versammelt.

Robert Burli war von dem Anliegen nicht sehr erbaut gewesen. Er habe von Verwaltungsdingen keine Ahnung, sagte er und gab zu bedenken, dass er schon beruflich auf einer ganz anderen Fährte liege. Hierin wurde er vom Professor unterstützt, der sogar Platon zitierte: „Der Weise hält sich von Staatsgeschäften fern. Öffentliche Ämter sind seiner unwürdig!"

Das stieß natürlich alles auf den Widerspruch Adamis. „Wo kämen wir hin, wenn jeder so dächte!" rief er aus. „Da könnten wir die Demokratie gleich ad acta legen. Nein, meine Lieben, der Staatsbürger hat die Pflicht, sich zu engagieren! Und wenn man ihn ruft, darf er sich diesem Ruf nicht verschließen."

Robert Burli, um den es eigentlich ging, saß wie ein Häufchen Unglück in der Ecke. Er wusste nicht, wie er sich verhalten sollte. Seine Meinung hatte er gesagt, und wie es weitergehen sollte, war ihm schleierhaft. „Wollen Sie es sich nicht noch mal überlegen?" fragte ihn Bianca und blickte ihn dabei so eindringlich an, dass er sich etwas aus seiner Erstarrung löste.

„Herr Adami", bemerkte er zögernd, „selbst, wenn ich bereit wäre - ich würde es nicht können." Alle sahen ihn schweigend an. Nur der Parteivorsitzende blieb unbeeindruckt. „Ach", winkte er ab, „das haben schon ganz andere geschafft!" Aber jetzt griff Professor Fischer ein. „Moment, Herr Adami! Wir sollten Herrn Burli wenigstens fragen, warum er sich das nicht zutraut." „Ja", stimmte Bianca bei, „mein Großvater hat recht." Sie wandte sich an ihren Dichter: „Was haben Sie eigentlich gegen eine Tätigkeit als Bürgermeister?"

Robert Burli fühlte, dass er jetzt Farbe bekennen musste. Ein bloßes Nein wäre zu unhöflich, um nicht zu sagen: undankbar gegenüber Bianca. Sie hatte schließlich Gutes im Sinn, auch wenn er das nicht so betrachtete. Also machte er seinen Bedenken Luft.

Er schilderte, wie ihm seit seiner Kindheit zuwider war, wenn er fotografiert oder gar gefilmt wurde. Eine Kamera war ihm ein Graus. Die Vorstellung, dass viele Menschen ihn dann sehen könnten, dass sie jede seiner Bewegungen und seine Mimik verfolgen würden, brachte ihn an den Rand der Verzweiflung. Herzflattern, Schweißausbrüche, Zittern - alles das drohte auszubrechen, wenn man ihn auf eine Filmrolle bannen wollte.

„Er leidet an einer unheilbaren Kamera-Allergie", hatte sein Hausarzt festgestellt, und tatsächlich hatte sich nie etwas an diesem Zustand geändert. Was jedoch das Entscheidende war: die Allergie erfuhr allmählich eine ideologische Untermauerung. Ihm war nämlich aufgefallen, dass alle Geschehnisse, sobald eine Kamera auftauchte, eine andere - sozusagen erzwungene - Form annahmen. Das Lachen wirkte gestellt, die Trauer gekünstelt. Hatte er doch sogar erlebt, dass bei der Beerdigung eines bekannten Staatsmannes eine Frau, die völlig ungerührt zu sein schien, in dem Moment in Tränen ausbrach, als sie die Filmkamera auf sich gerichtet fühlte. „überall, wo eine Kamera auftaucht, verliert das Leben seine Echtheit", war einer seiner Wahlsprüche - und irgendwie musste man ihm recht geben; denn wer würde beispielsweise die Umarmung seiner Geliebten genießen können, wenn er wüsste, es wird alles gefilmt?

Der Parteivorsitzende Adami hörte sich die Argumente geduldig an. „Ihre Ansichten in allen Ehren", sagte er, als Burli geendigt hatte, „aber einen starken Gegner werden Sie haben." „Einen Gegner?" fragte Bianca. „Sogar einen entscheidenden", bekräftigte Adami. „Ich meine das gewaltige Heer der Fernsehreporter." „Das stimmt", pflichtete der Großvater bei. „Die lassen sich nicht die Butter vom Brot nehmen. Für die ist ein Ereignis erst dann aktuell, wenn sie es filmen können."

„Sie sagen es, Herr Professor", betonte der Parteivorsitzende. „Zwar kommt in unsere Stadt das Fernsehen nicht allzu häufig, aber bei manchen Anlässen sind sie halt da." Er wandte sich an Burli: „Wollen Sie auch in diesen Fällen bei Ihrer starren Haltung bleiben?" Der Angesprochene nickte. „Auch dann." „Mein Dichter hat Prinzipien", bemerkte Bianca und legte ihre Hand auf Roberts Knie.

„Da kann man nichts machen", murmelte Adami - und man wusste nicht, ob er jetzt die Ansichten des Herrn Burli oder die vertrauliche Geste Biancas meinte. Professor Fischer räusperte sich. „Der Fall ist eigentlich ganz klar: Entweder man gesteht dem künftigen Bürgermeister einige Sonderwünsche zu, oder man sagt, so etwas gibt es nicht. Ein Mittelweg ist ausgeschlossen. Wie ist Ihre Meinung, Herr Adami?"

Dieser wiegte den Kopf. „Ich muss mich natürlich erst mit meinen Parteifreunden beraten - aber wenn Sie meine persönliche Ansicht hören wollen: ich respektiere die Wünsche des Herrn Burli." „Bravo!" rief Bianca, die inzwischen ihre Hand zurückgezogen hatte.

„Das nenne ich staatsmännische Klugheit." „Und was denken Sie selber, mein Lieber?" wandte sich der Großvater an Robert Burli.

„Wenn meine Bedingungen erfüllt werden", erwiderte Robert, „wäre ich nicht abgeneigt, das Amt des Bürgermeisters zu übernehmen." „Das ist ein Wort!" jubelte Adami, stand auf, schlug dem frischgebackenen Kandidaten auf die Schulter - und eine Woche später hatte die Stadtverordnetenversammlung auf Vorschlag der Freiheitspartei Herrn Robert Burli in sein verantwortungsvolles Amt berufen.

So verantwortungsvoll, wie man glaubte, war es allerdings nicht. Es war mehr ein Aushängeschild. Die eigentliche Arbeit lag bei den einzelnen Dezernenten und Stadträten. Das hatte der gerissene Adami seinem Schützling unter vorgehaltener Hand bereits kundgetan. „Sie brauchen sich keine Gedanken zu machen", hatte er ihm zugeraunt, „das läuft alles von alleine. Vorausgesetzt wird bei Ihnen gar nichts. Und wenn es brenzlig wird, haben Sie immer noch mich."

Das alles war natürlich ein bisschen raffiniert und zielte lediglich darauf ab, Herrn Burli die Sache schmackhaft zu machen. Und dass das Amt des Bürgermeisters nur ein „Aushängeschild" sein sollte, traf höchstens auf gewisse Bereiche, nicht aber auf die Position als Ganzes zu. Doch das würde der ahnungslose Kandidat schon erkennen, wenn es soweit ist. Jetzt hieß es erst einmal: Augen zu und durch!

Im Übrigen führte er bis zur Wahl durch die Bürger die vielsagende Bezeichnung „kommissarisch"; es war also mehr ein Schwebezustand, und eigentlich riskierte die Freiheitspartei gar nichts. Sie hätte allerdings die Rechnung ohne den Wirt, genauer gesagt: ohne die Wirtin gemacht. Die Wirtin hieß Bianca.

„Dass Sie mir jetzt nicht nach der Pfeife dieser Partei tanzen", hatte sie ihrem Schützling zugeraunt, „auch nicht nach einer der anderen! Sie sind Bürgermeister und nur dem Wohl der Stadt verpflichtet. Schaffen Sie Ordnung! Und vor allem: Brechen Sie mit liebgewordenen, aber unschönen Gepflogenheiten!" Man muss zugeben, das „singende Model" hatte seine Qualitäten.

Auch Robert Burli war inzwischen darüber ein Licht aufgegangen. Er vertraute ihr. Mehr noch: er empfand eine gewisse Hochachtung. Diese Frau sah nicht nur schön aus und konnte gut singen - sie machte sich auch Gedanken über die Welt und das Leben. Und sie packte zu, wenn ein Eingreifen geboten war.

Zum ersten Mal fühlte er, dass die wahre Liebe - wenn es sie wirklich geben sollte - nicht im Begehren, sondern in der Achtung ihre Wurzeln haben musste. Einen Menschen, den man nicht achtet, kann man nicht lieben. Zuweilen entspringt Liebe aus der Bewunderung. Robert Burli bewunderte Bianca. Die Art" wie sie die Dinge in die Hand nahm, hatte ihn von Anfang an fasziniert. Einem solchen Mädel war er noch nie begegnet. Und er hatte jetzt eigentlich nur einen Wunsch: sie nicht zu enttäuschen. Deshalb stürzte er sich mit Eifer in die neue Aufgabe.

Die Zeremonie der Einführung, die anschließenden Huldigungen, das festliche Bankett - alles ließ er über sich ergehen und wartete nur darauf, möglichst bald mit neuen Ideen seine Tätigkeit beginnen zu können. Die erste Gelegenheit ließ nicht lange auf sich warten.

Der „Heimatkurier" wollte ein Foto von seiner Amtsübernahme veröffentlichen. „Ich habe mir ausbedungen, weder gefilmt noch fotografiert zu werden", sagte er zum Lokalredakteur Immerschied. Dieser blickte ihn verständnislos an. „Wie soll ich das verstehen?" „Wie ich's gesagt habe", erwiderte Burli. „Jeglicher Personenkult ist mir zuwider. Das mag Ihnen etwas ungewohnt erscheinen; denn bisher haben Sie in fast jeder Ausgabe ein Bild des Bürgermeisters gebracht - zumindest einen Bericht darüber, was er gerade anstellt -, aber das hört jetzt auf. Das Wohl der Stadt ist wichtiger."

Dem Redakteur schwamm es vor den Augen. „Sie wollen doch nicht etwa verlangen", entrüstete er sich, „dass wir - wenn Sie beispielsweise zur Eröffnung einer neuen Straße das traditionelle Band zerschneiden - nur einen nüchternen Bericht veröffentlichen. Das käme einem journalistischen Bankrott gleich."

„Gut, dass Sie das mit dem Band erwähnen", betonte Burli. „Dieser Firlefanz ist mir schon lange ein Dorn im Auge. Wird ein Bürgermeister etwa dafür bezahlt, dass er mit der Schere 'schnipp' macht - was jeder kleine Junge könnte? Wenn es noch eine wichtige Straße wäre! Aber neulich wurde ein Bistro eröffnet - da hat mein Vorgänger das Band zerschnitten. Und bei der Freigabe des Rummelplatzes war es dasselbe."

„Sie sehen das falsch", wandte der Redakteur ein. „Wir brauchen ein bisschen Illumination, etwas Farbe im tristen Alltag, um es mal so auszudrücken. Und wenn ein Bürgermeister das Band zerschneidet ..." „... dann dient das nur der Eitelkeit des Bürgermeisters", ergänzte Burli und nahm einen ernsten Gesichtsausdruck an. „Mit mir werden Sie einen solchen Zirkus nicht vollführen, Herr Immerschied. Führen wir lieber alles auf das erträgliche Maß zurück - wenn wir schon wollen, dass es unserer Stadt im Ganzen besser geht!"

Der Redakteur seufzte. So einen Bürgermeister hatte er noch nicht erlebt. „Sie wünschen also nicht einmal, dass unser heutiges Interview mit einem Foto ...?" „Unterstehen Sie sich!" rief Robert Burli aus, hatte sich erhoben und die Räume des Heimatkuriers mit energischen Schritten verlassen.

Seine nächste Auseinandersetzung hatte er mit dem Stadtkämmerer. Es war dies Herr Hämmerling, der nach Meinung vieler Bürger am miserablen Stadthaushalt mitschuldig war. „Man sollte annehmen, dass dieser Herr in der Schule wenigstens das Einmal- eins gelernt hat", hatte ein Vertreter der Volkspartei in einer Einwohnerversammlung ausgerufen, „aber Pustekuchen: er schreibt wacker rote Zahlen!"

Auch die Bürgerpartei nahm gegen ihn Stellung. „Man sagt, unser Stadtkämmerer heiße Hämmerling", bemerkte ironisch ihr Vorsitzender, „ich sehe aber nur einen Jämmerling!" Höhnisches Gelächter erfüllte den Saal. Robert Burli hatte nicht vor, derartige Angriffe fortzusetzen. Solch ein Ton war ihm zuwider. Er kam dem Stadtkämmerer auf eine feinere Art.

„Ich weiß, die Finanzen sind eine Wissenschaft für sich", raunte er, als er Herrn Hämmerling gegenübersaß „ich will mich deshalb auch gar nicht in Ihre Obliegenheiten einmischen - aber vielleicht können Sie mir einige Auskünfte darüber geben, wieso die Schulden unserer Stadt größer sind als unser Guthaben."

Franz Hämmerling blickte seinen Bürgermeister an. „Gar nicht schlecht, dieser Neue", ging es ihm durch den Sinn, „er interessiert sich für mein Ressort". Und was kein anderer bisher geschafft hatte, erreichte Burli: Der Stadtkämmerer gab ihm Einblick in die geheimsten Zusammenhänge. Mit Staunen musste der neue Bürgermeister vernehmen, dass der Druck der öffentlichen Meinung, der ansonsten gewiss viel Gutes bewirkte, in bestimmten Fällen ein Desaster herbeigeführt hatte.

So waren beispielsweise die Stadtverordneten durch ständige Pressestimmen und Eingaben der Sportverbände zu der Ansicht gelangt, man müsse unbedingt eine Schwimmhalle errichten. Leider verkalkulierte man sich mit dem Standort. Ein freigewordenes Gelände auf dem Martinsberg wurde ins Auge gefasst, ohne zu bedenken, dass ältere Bürger, für welche die Schwimmhalle vorzugsweise gedacht war - es sollten sogar bestimmte Seniorentage festgelegt werden -, den beschwerlichen Weg meiden würden. Auch Jugendliche neigten zur Bequemlichkeit und verzichteten immer mehr auf die Strapazen des Anstiegs. Das Fazit:

Die Schwimmhalle wurde kaum noch genutzt, die Einnahmen sanken unter den Gefrierpunkt.

„Ich war gleich dagegen", bemerkte der Stadtkämmerer, „aber wer hört schon auf einen Finanzonkel! Und die Argumente klangen ja auch ganz schön: Sport ist gesund, das Wasser heilt alle Gebrechen, schwimm dich fit - alles wunderbar. Aber das Ding ausgerechnet auf den Martinsberg zu setzen, war wohl doch kein guter Gedanke." Mit einem Seufzer hatte Hämmerling seinen Bericht beendet. Robert Burli nickte ergriffen. So ungefähr hatte er sich die Herkunft der roten Zahlen vorgestellt.

„Das mit der Schwimmhalle ist noch gar nichts", unterbrach der Stadtkämmerer die Überlegungen des Bürgermeisters, „ein größeres Fiasko ist das mit den Kinderkrippen und Kinderheimen. Zu ihrer Errichtung wurden wir von Presse und Jugendverbänden förmlich gezwungen. Wir haben hohe Kredite aufnehmen müssen, deren Rückzahlung uns heute noch das Leben schwer macht. Und was haben wir erlebt: Die schwierigen sozialen Verhältnisse, die Angst vor AIDS, der Gebrauch von Kondomen - das alles hat bewirkt, dass seit zehn Jahren kaum noch Kinder in unserer Stadt geboren wurden. Und da haben wir Krippen und Heime gebaut!

Sagen Sie jetzt bitte nicht, die könnten wir anderweitig nutzen - so einfach ist das nicht. Da müsste vieles umgestaltet werden, und das wäre teurer als ein Neubau. Schon die Toiletten und Waschanlagen: alles in Babyhöhe; Stühle, Tische, Kleiderhaken - alles für Zwerge;

Türklinken in Griffhöhe. Wissen Sie, ich als Stadtkämmerer habe schon viel gesehen - aber was da auf uns zukommt, grenzt ans Unglaubliche."

Robert Burli brachte kein Wort hervor. Die berühmten roten Zahlen, die er sich bis jetzt immerhin als leichtes Rosa vorgestellt hatte, wurden ziemlich dunkelrot. Er erhob sich langsam. „Warten Sie noch, Herr Bürgermeister", sagte Hämmerling und zog ihn sanft auf den Stuhl zurück. „Ich habe Ihnen noch gar nichts von der Rosenstraße erzählt. Die haben wir auf Drängen der Bürgerschaft von Grund auf saniert, Rohre und Leitungen verlegt, besondere Schlackensteine verwendet und eine Bitumenschicht aufgetragen, kurz: eine Straße, wie sie im Buche steht. Ein Vertreter vom Regierungspräsidium hat sogar das Band zerschnitten. Und was war vor drei Monaten? Da hat sich die halbe Rosenstraße gesenkt, und der geologische Dienst hat festgestellt, dass beträchtliche Hohlräume vorhanden waren, was kein Mensch gewusst hat. Das heißt, eigentlich hätten es die Fachleute wissen müssen. Doch wie sagt man so schön: Hinterher ist man immer klüger."

Robert Burli wurde es unheimlich. So sehr er sich über die Offenheit des Stadtkämmerers freute - irgendwie wünschte er, das alles lieber nicht gehört zu haben. Jetzt konnte er sich nicht mehr hinter einer Unwissenheit verbergen. Er lag mitten in der Verantwortung. „Ich sehe schon, wir müssen neue Wege beschreiten", sagte er und blickte seinen Gesprächspartner bedeutsam an. „Ab sofort werden wir die Hand auf jeden Pfennig legen. Wir werden die Einnahmen und Ausgaben miteinander vergleichen."

Franz Hämmerling wiegte sein Haupt. „Für eine Stadtverwaltung ein ziemlich ungewohntes Verfahren", murmelte er. „Sehen Sie unsere Nachbargemeinden an: die schöpfen alle aus dem Vollen. Und da sollen wir eine Ausnahme machen?" „Einer muss es riskieren", erwiderte Burli. „Jedenfalls billige ich keine Maßnahme, die nicht durch Kosten gedeckt ist." „Da wünsche ich Ihnen viel Erfolg", raunte der Stadtkämmerer, und selbst eine naive Natur wie Robert Burli konnte die Ironie dieser Worte heraushören.

Dass die Ironie berechtigt war, sollte sich sehr bald zeigen. Die meisten Dezernenten und sonstigen Leiter der Stadtverwaltung standen nämlich unter dem Einfluss der Bürgerpartei. Und obwohl die Freiheitspartei die meisten Wählerstimmen auf sich vereinigt hatte und als bewegende Kraft galt, war im Einzelnen die Bedeutung der Bürgerpartei nicht zu verkennen. Ihr Slogan „Es bleibt alles beim Alten" und ihre Skepsis gegenüber jeglicher Veränderung ließen das Vorhaben des neuen Bürgermeisters als wenig aussichtsvoll erscheinen.

Besonders der Parteivorsitzende Karl Prochnow sperrte sich gegen die „revolutionären Tendenzen", wie er sich ausdrückte. „Wo kommen wir hin, wenn auf einmal pekuniäre Erwägungen überall den Ausschlag geben!" hatte er in der Stadtverordnetenversammlung ausgerufen und seinen Konkurrenten Adami die Worte entgegengeschleudert: „Sie haben uns keinen Bürgermeister serviert, sondern einen Hauptbuchhalter!"

Eine neue Pechsträhne schien sich bei Robert Burli an-
zubahnen. Bereits einige Mitglieder der Freiheitspartei
schwankten, und nur die Volkspartei stand uneinge-
schränkt hinter seinen Forderungen. Aber die Rede-
kunst und das Ansehen Karl Prochnows waren ein ent-
scheidender Faktor, und diese Hürde musste erst genommen werden.

„Ausgerechnet Prochnow", sagte Bianca, als Robert ihr
von der Debatte berichtet hatte. „Der Mann ist ein soli-
der Fünfziger, verheiratet, drei Kinder, außerdem als
Lehrerssohn streng erzogen. Es wird schwierig sein, da
etwas zu erreichen." Robert Burli horchte auf. „Fräulein Bianca, Sie wollen doch nicht etwa ...?"

Sie sah ihn lächelnd an. „Keine Angst! Ich weiß genau,
wie weit ich zu gehen habe." Sie verstummte, und auch
er blickte schweigend vor sich hin. Jeder war augenscheinlich mit seinen Gedanken beschäftigt. „Das ist
eine Frau!" ging es ihm durch den Kopf. 'Warum
macht sie das? Will sie wirklich nur mir helfen? Oder
macht ihr das am Ende Spaß?"

Eine Antwort darauf wäre selbst Bianca schwergefallen. Ihr kam es vor, als ob sich ihre Neigung zu Robert
Burli und ihre Freude über die eigenen Erfolge die
Waage hielten. Es war schließlich ein berauschendes
Gefühl, von der Männerwelt verehrt zu werden, und
dass sie jenen Zufall, von dem im Folgenden die Rede
sein wird, beim Schopf ergriff, wird ihr niemand ver-
denken.

Sie war an einem heißen Sommertag ins Strandbad gegangen - und nur wenige Meter entfernt hatte sich der Parteivorsitzende Prochnow mit seiner Familie niedergelassen. Es war das übliche Bild: Die Mutter spielte mit den Kindern, tollte mit ihnen herum, trieb sie ins Wasser, indessen der Vater teilnahmslos auf dem Badetuch lag und sich sonnte. Auch das ist anstrengend, wird nur nicht immer entsprechend gewürdigt.

Aus Langeweile blickte er zur Seite und traute seinen Augen nicht. Wie war so etwas möglich? Sie, die er schon mehrmals auf der Bühne bewundert hatte, die in der Zeitung als „das singende Model" ständig erwähnt wurde, die er - wie viele Männer - heimlich verehrte, sie lag dort vor ihm und schien in diesem Moment sogar zu ihm herüberzublicken.

Er rieb sich die Augen. Nein, es war keine Fata Morgana. Sie war es tatsächlich. Und jetzt stand sie auf und griff nach ihrer Badekappe. Offenbar wollte sie ins Wasser. Merkwürdig, dass sie so dicht an ihm vorüberging. Andächtig betrachtete er ihr Hinterteil, das sich bei jedem Schritt rhythmisch bewegte. Ihr orangefarbener Bikini leuchtete noch von weitem, und als sie im Wasser verschwunden war, hatte sich Karl Prochnow erhoben und war ihr gefolgt. „Ich muss mich ein bisschen abkühlen!" rief er seiner Frau und den Kindern zu, und diese wunderten sich, wieso der Vater plötzlich ins Wasser ging. Sonst hatte er immer davor ein Grauen.

„Ein herrlicher Tag, nicht wahr?" raunte er Bianca zu, als er neben ihr schwamm. „Wunderschön" erwiderte sie, wandte sich jedoch rasch um und schwamm in

Richtung Ufer. Keinesfalls sollte er merken, was sie im Schilde führte. Alles sollte so aussehen, als ob er der treibende Keil war. Ihre Rechnung ging auf. Karl Prochnow fand ihr Verhalten durchaus in Ordnung: Eine Frau, die nicht jeden Beliebigen an sich heranlässt! Man muss um sie kämpfen. Auf alle Fälle dranbleiben, war seine Devise.

Während er sich abtrocknete, machte Bianca einige Lockerungsübungen. Prochnow erstarrte. Das war eine Frau: eine Figur für die Götter! Ihn überkam ein Gefühl, das er längst vergessen glaubte. Und als sie zum Kiosk ging, um dort eine Cola zu trinken, pirschte er sich heran. „Halten Sie mich nicht für unhöflich", sagte er, „aber es ist mir ein Bedürfnis, Ihnen für Ihren letzten Auftritt meine Anerkennung zu zollen. Mein Name ist Prochnow, Kreisvorsitzender der Bürgerpartei." Er deutete eine Verbeugung an.

„Sehr erfreut", erwiderte Bianca mit noch immer etwas kühler Miene. „Wie gesagt, ich bitte tausendmal um Entschuldigung", bekräftigte Prochnow, „aber gestatten Sie, dass ich Sie zu einem Drink einlade?" Bianca gestattete es. Sie gestattete ihm sogar, sich mit ihr auf den Korbstühlen hinter der Schattenwand niederzulassen, so dass er von seiner Familie nicht gesehen werden konnte, und allmählich kam es zwischen beiden zu einem Gespräch, von dem der Parteivorsitzende Karl Prochnow in seinen kühnsten Träumen nicht zu hoffen gewagt hätte.

Das „singende Model" stellte ihm in Aussicht, sich öfter zu treffen, brachte wie unbeabsichtigt Robert Burli ins Spiel, erreichte in kurzer Zeit die Zustimmung Prochnows zu den Plänen des Bürgermeisters, und als sie sich verabschiedeten, fühlte sich der Parteivorsitzende so glücklich wie noch nie. Dass sie Letzteren auf ihre Seite gebracht hatte, war noch in anderer Weise bedeutsam.

Für die Stadt war ein Jubiläum herangenaht: der hundertste Geburtstag des vor zwanzig Jahren verstorbenen Dichters Ferdinand Wohlrabe. Der Bürgermeister hatte traditionsgemäß die Gedenkrede zu halten - denn Wohlrabe war ein Kind der Stadt -, und da Robert Burli keine Zeile des Dichters kannte und sich dessen Werk in der Kürze der Zeit gar nicht mehr einverleiben konnte, begann die Sache kritisch zu werden.

„Sie brauchen überhaupt keine Angst zu haben", munterte Bianca ihren Schützling auf. „Ich habe mit allen maßgeblichen Leuten - auch mit den Redakteuren der Zeitung - gesprochen. Es wird nichts schiefgehen. Reden Sie nur einfach drauflos!" Robert Burli ergab sich in sein Schicksal. Im vollbesetzten Rathaussaal schritt er zum Podium und hielt eine Gedenkrede, wie sie die ehrwürdigen Mauern noch nie erlebt hatten:

Liebe Mitbürgerinnen und Mitbürger!

Wir haben uns hier versammelt, um einen Mann zu ehren, dessen einhundertsten Geburtstag wir heute begehen: Ferdinand Wohlrabe. Es ist wohl keiner unter uns, der sein Werk nicht kennt, und es hieße Eulen nach Athen tragen, wollte ich mich an dieser Stelle in Einzelheiten verlieren. Nur so viel sei gesagt: Ferdinand

Wohlrabe war ein Mensch. Ein Mensch wie du und ich, wie es oft leichthin heißt, und doch: wieviel Wahrheit steckt in diesem Satz! Das, was er geschrieben hat, hat er durchlebt, und als vor zwanzig Jahren die Kunde von seinem Tode kam, wusste jeder, hier hat nicht nur ein Leben, sondern ein großes Werk geendet. Wir alle sehen in Ferdinand Wohlrabe einen echten Sohn unserer Stadt. Ja, er war mehr als das, er war ein Vater. Und wenn Sie mich fragen, wer seine Kinder waren: das waren seine gewaltigen dichterischen Erzeugnisse, vor denen wir uns an dieser Stelle verneigen. Hundert Jahre Ferdinand Wohlrabe - das heißt auch: hundert Jahre Geschichte unserer Stadt. Viel könnte ich noch hinzufügen, aber wir wollen uns bescheiden, nicht zuletzt im Sinne unseres Jubilars, der sein Leben in vorbildlicher Einfachheit geführt hat. Lassen Sie mich deshalb ausbrechen in den Ruf: Ferdinand Wohlrabe, wir danken dir!

Mit ergreifender Stimme hatte Robert Burli seine Gedenkrede beendet, und als er vom Podium stieg, scholl ihm einhelliger Beifall entgegen. „Haben Sie gelesen, was die Zeitung schreibt?" wandte sich Bianca am nächsten Tag an ihn und zitierte die Überschrift: „Überaus eindrucksvolle Rede des Bürgermeisters". Und aus dem Bericht griff sie den Satz heraus: „Wohl noch nie ist das Werk unseres Heimatdichters Ferdinand Wohlrabe so kenntnisreich und zugleich einfühlsam gewürdigt worden wie gestern vom Bürgermeister Burli."

„Es ist wie im Märchen", flüsterte Robert. „Aber mit ganz realen Ursachen", stellte Bianca schmunzelnd fest. „Ein Mann muss nur an die richtige Frau geraten, dann klappt alles." Sie blickte ihn schelmisch an. „Wollen Sie Minister werden?" Das mit dem „Minister" hatte Bianca natürlich nicht ernst gemeint. Es war ihr nur flüchtig in den Sinn gekommen, weil sie erfahren hatte, dass zu ihrem nächsten Konzert in der Landeshauptstadt der Ministerpräsident sein Erscheinen angekündigt hatte.

Der Ministerpräsident, das war Walter Schilling. Ein Mann von angenehmem Äußeren, tadellosen Manieren und mit einem guten Ruf. Er war allgemein beliebt, und man wunderte sich, warum er eigentlich immer von zwei Leibwächtern umgeben war. Wer sollte diesem Manne etwas anhaben wollen! Die Ursachen lagen jedoch ein bisschen tiefer, und das muss erklärt werden, um zu verstehen, weshalb Walter Schilling keine Sekunde seines Lebens ohne genaueste Beobachtung verbrachte.

An sich wiegte sich das Land in zufriedener Ruhe. Politische Wirrnisse hatten es kaum erschüttert, die Bewohner waren sanfter Natur, es herrschte allgemeiner Wohlstand - und was die Beamten betraf, so ging es ihnen wie ihren Schicksalsgefährten in Österreich: sie hatten zwar nichts, aber das hatten sie sicher!

Wie gesagt, es hätte alles sehr schön sein können, wenn da nicht eines Tages die „Pikkolos" auf der Bildfläche erschienen wären. Pikkolos - das waren in diesem Falle keine Kellnerlehrlinge, sondern eine sich revolutionär gebende Gruppe, wenngleich das Ganze etwas Komisches an sich hatte. Es waren nämlich durchweg

Personen mit einer Körpergröße unter einem Meter fünfzig. Das war Bedingung für die Aufnahme. Und diese Gruppe hatte mit dem Schlachtruf „Nicht mehr immer auf die Kleinen!" seit einiger Zeit für Furore gesorgt. Alle entscheidenden Positionen wollten sie belegen, hatten ihre Fühler in Behörden und Betriebe ausgestreckt und sogar damit gedroht, einflussreiche Personen, die größer waren als sie, zu kidnappen.

Anfangs lachte man über den „Mumpitz", wie die Einwohner das Ganze nannten, aber sehr bald wurde ihnen klar, dass die Pikkolos nicht zu unterschätzen waren, zumal deren Anführer - ein gewisser Wandelstein - mit allen Tricks und Raffinessen arbeitete. Er versandte Broschüren, hielt Reden, ließ seine kleinen Leute ab und zu aufmarschieren, drohte den Großen mit fühlbaren Aktionen und erreichte tatsächlich, dass diese unsicher wurden und sich mehr oder weniger mit Bodyguards umgaben.

Die Leibwächter des Ministerpräsidenten hießen Mitdank und Meffert. Wie es sich für ein unzertrennliches Paar gehörte, war der eine schlank, der andere dick. Aber das war an sich nicht bedeutsam; denn zu ihrer vordringlichsten Aufgabe gehörte es, unsichtbar zu bleiben. Kein Staatsmann präsentiert seine Bewachung gern der Öffentlichkeit. Also blieben sie im Schatten und das war keineswegs einfach. Immerhin gab es Gegenden, wo kein Mauervorsprung, keine Wand, ja nicht einmal ein Baum vorhanden war. Dann blieb manchmal nur ein Gully, und wenn sie Pech hatten, wurde der Deckel zugeschraubt, bevor sie wieder heraus waren.

Das Leben eines Leibwächters ist halt kein Zuckerlecken. Mitdank und Meffert spielten jeden Tag mit ihrem Leben, und das umso mehr, als auch sie - wie die meisten Bürger - über einen Meter fünfzig groß waren. Dieser Wandelstein hatte die Landeshauptstadt verrückt gemacht. „Dass Sie mir heute Abend achtgeben!" ermahnte Walter Schilling seine Bodyguards. „Da tritt das 'singende Model' auf - und was das bedeutet, brauche ich Ihnen nicht zu erklären. Da liegen die Säle wie im Fieber. Ein gefundenes Fressen für die Pikkolos. Haben Sie die Augen überall!" Mitdank und Meffert knallten lautlos die Hacken zusammen. „Jawohl, Herr Ministerpräsident!" Walter Schilling war beruhigt. Auf die beiden konnte er sich verlassen.

In der Tat konnte man am Abend weder Mitdank noch Meffert gewahr werden, obwohl ihr Chef unter großer Beachtung des Publikums in der ersten Reihe Platz genommen hatte. Der Saal war dicht gefüllt, und es herrschte eine gespannte Atmosphäre. Irgendwie war durchgesickert, dass das „singende Model" ein neues Lied aus der Taufe heben würde, und alle harrten sichtlich erregt der kommenden Dinge.

Mit einem Sturm der Begeisterung wurde Bianca empfangen. Es dauerte mehrere Minuten, bis sie ihre Darbietungen beginnen konnte. Die Stimmung setzte sich während des Programms fort, und als sie - wie üblich - den ersten Teil mit „La Paloma" abschloss, kannte der Jubel keine Grenzen. Eigentlich sollte man annehmen, dass eine Steigerung im zweiten Teil gar nicht mehr möglich sei. Doch es stand das neue Lied bevor.

Und dieses Lied mit dem Titel „Dreiklang" schlug wie eine Bombe ein. Aber das lag weniger an dem Lied als an einem Umstand, den die Sängerin überhaupt nicht zu vertreten hatte, ja den sie nicht einmal erahnen konnte. Es war der Zufall eines Namens, besser gesagt: seiner Bedeutung, und dafür war Bianca wirklich nicht verantwortlich zu machen. Dabei hatte das Lied so harmlos angefangen:

Da traf ich jüngstens Lilli wieder.

Sie kam bedrückt aus einem Haus

und blickte scheu zu Boden nieder.

Blass und verkümmert sah sie aus.

Ihr Kleid war ziemlich abgetragen,

auch die Frisur war nicht mehr fein.

„Sie ist die Frau", so hört ich sagen,

„vom Pianisten Wandelstein!"

Ein Kichern ging durch den Saal, mitunter lautes Lachen. Bianca wunderte sich: Das war doch noch gar nicht die Pointe! Ein eigenartiges Publikum hier in der Landeshauptstadt. Sie sang die zweite Strophe:

Dann sah ich Olga. Welch Entzücken!

Die hatte sich herausgemacht:

ein Persianer zum Berücken!

Und wie sie strahlt! Und wie sie lacht!

„Wie lebt sie nur auf solche Weise?"

fragt ich erstaunt den Nachbarn Klein.

„Sie ist die Freundin", sprach er leise,

„vom Pianisten Wandelstein!"

Jetzt kannte das Gelächter keine Grenzen. Die Zuhörer applaudierten, sprangen teilweise von den Stühlen, einige umarmten sich - und Bianca war ratlos. Wie konnte dieses kleine Lied, das Robert Burli gedichtet hatte, eine solche Resonanz finden? Zwischendurch hörte sie mehrere Pfiffe. Sie blickte sich zu dem Bühnenmeister um. „Machen Sie sich nichts draus", winkte dieser ab, „das sind nur einige Pikkolos!"

Die Sängerin schüttelte den Kopf. Merkwürdig, was sich hier die Kellnerlehrlinge herausnehmen! Aber viel Zeit zum Nachdenken hatte sie nicht, zumal die Bravorufe immer stärker wurden. „Das mit dem 'Wandelstein' war großartig", flüsterte der Ministerpräsident seinem neben ihm sitzenden Sekretär zu. „Ich muss die Sängerin unbedingt sprechen. Arrangieren Sie das bitte!"

Der Sekretär verschwand im Bühneneingang. Bianca war zwar überrascht, vom Wunsche des Ministerpräsidenten zu hören, aber natürlich kam sie dem gern nach, und bald saßen sie an einem kleinen Tisch des Theaterrestaurants, wo sie allem Anschein nach ungestört - denn Mitdank und Meffert hatten sich hinter einem Garderobenständer hübsch verborgen - ihr Gespräch führen konnten.

„Vor allem hat mich gefreut", versicherte der Landesvater, „dass Sie diesem Wandelstein so einen herrlichen Hieb verpasst haben. Das nenne ich gute Satire." Bianca verstand kein Wort. Sie habe sich nichts dabei gedacht, erklärte sie, das müsse ein Zufall sein - und als Walter Schilling erkannte, dass das „singende Model" wirklich nur ein Lied und keine politische Hymne geträllert hatte, klärte er sie auf, und nun erst wurde Bianca klar, weshalb das Publikum so begeistert reagiert hatte.

„Seien Sie nicht traurig", tröstete sie der Ministerpräsident, „das Lied ist trotzdem schön." Er spendierte noch eine Flasche Riesling, sie prosteten sich zu, und schließlich begann er von seinen Sorgen zu sprechen. Das machen viele Männer in solchen Situationen, nur waren diese Sorgen, von denen Walter Schilling sprach, keine privaten (er war nicht verheiratet), sondern mehr oder weniger dienstliche. Eigentlich war es nur eine, die ihn belastete: Sein Kultusminister war bei einem Autounfall ums Leben gekommen.

Ein geeigneter Ersatz war nicht in Sicht, und der Landesvater hatte vorläufig dessen Ressort mit übernommen. Aber ein Dauerzustand sei das natürlich nicht, betonte er. Bianca versank in Nachdenken. 'Das wäre ein Ding!' ging es ihr durch den Kopf. Aber mit der Tür ins Haus fallen wollte sie nicht. Dazu müsste die Gelegenheit eine andere sein.

Sie ließ ihr Kleid an der Schulter etwas herunter. Walter Schilling tat so, als bemerke er es nicht. Und auch den plötzlich verbindlicher werdenden Klang ihrer

Stimme versuchte er zu ignorieren. Doch auf die Dauer war er dem Charme dieser Frau nicht gewachsen. Kein Zweifel, das „singende Model" hatte ihn irgendwie verzaubert.

Bei der dritten Flasche hatte er seine Hand auf ihre gelegt, und Bianca ließ ihn mit einem zärtlichen Blick wissen, dass er bei ihr gewisse Chancen haben würde. „Ich würde gern einmal mit Ihnen allein sein", flüsterte er, „aber das ist leider unmöglich." Bianca erschrak. „Wieso?" fragte sie. Er wies zum Garderobenständer. „Sehen Sie, bitte, einmal unauffällig dorthin! Hinter dem Ständer sitzen zwei Herren. Es sind meine Bodyguards. Die werden wir nicht los. Angeblich sind sie zu meinem Schutze da, aber in Wirklichkeit bin ich ihr Gefangener. Sogar vor der Toilette postieren sie sich."

Seufzend blickte er vor sich hin. „Gibt es überhaupt keine Möglichkeit?" fragte Bianca, die allmählich alle Felle wegschwimmen sah. Er dachte angestrengt nach. „Wir haben jetzt die Monteure im Regierungsgebäude", raunte er langsam vor sich hin, „da würde sich vielleicht ein Weg zeigen. Ich müsste mir einen Schlosseranzug besorgen."

Bianca lächelte. „Das würden Sie für mich tun?" „Noch viel mehr", versicherte er. Dann gab er sich einen Ruck. „Seien Sie morgen gegen 16 Uhr vor der Hauptpost! Wir könnten in den Wildpark gehen." „Ich komme", hauchte Bianca und musste lächeln beim Gedanken daran, wie der Herr Ministerpräsident das wohl anstellen würde.

Er machte das übrigens sehr pfiffig. Just in dem Moment, als Mitdank und Meffert im Souterrain des Regierungsgebäudes die für besondere Gäste bereitgehaltenen Getränke heraussuchten, schlich er sich in die Kleiderkammer, die um diese Zeit - wie er wusste - unbeaufsichtigt war, ergriff einen Schlosseranzug mit Mütze und eilte in sein Dienstzimmer. Mit wenigen Handgriffen hatte er sich umgezogen, den Jackenkragen hoch aufgestülpt, die blaue Mütze tief ins Gesicht gezogen und konnte so - ohne die Befürchtung, erkannt zu werden - aus dem Regierungsgebäude gelangen. Nicht einmal Mitdank und Meffert war er begegnet; denn als diese mit dem Fahrstuhl nach oben fuhren, war er die Treppe heruntergelaufen.

Bianca staunte bei seinem Eintreffen nicht schlecht. „Beinahe hätte ich Sie nicht erkannt", sagte sie, und Walter Schilling legte hastig den Finger auf den Mund. „Nur fort von hier!" drängte er, nahm sie beim Arm und führte sie schnellen Schrittes aus der Stadt.

Der Wildpark war ein lang ausgedehntes Naturgehege mit viel Waldung, mehreren kleinen Teichen - und vor allem: man begegnete kaum einem Menschen. Nicht umsonst hatte der Ministerpräsident diesen Flecken für sein Zusammensein mit dem singenden Model auserkoren. Hier würde sie niemand stören, und falls ihn seine Bodyguards suchen würden - in den Wildpark kämen sie bestimmt nicht!

Er warf einen Blick auf seine Begleiterin. Sie hatte ein kurzes, luftiges Sommerkleid an (in Anbetracht der Hitze durchaus verständlich) und hielt in der Hand eine

Art Reisetasche. „Was haben Sie denn da mitgebracht?" fragte er. „Eine Decke", erwiderte sie. „Oder wollen wir die ganze Zeit herumlaufen?"

Walter Schilling musste lächeln. „Die geht toll zur Sache", sagte er sich und hielt nach einem geeigneten Plätzchen Ausschau. „Hier zwischen den Büschen sind wir ungestört", meinte er nach einigem Suchen. „Ist es Ihnen recht?" Statt einer Antwort breitete Bianca ihre Decke aus. „Ich habe auch etwas zu trinken mitgebracht."

„Sie denken an alles", lobte Schilling und beobachtete mit einer gewissen Rührung, wie seine Begleiterin zwei Flaschen Orangensaft und auch noch etwas zu knabbern aus der Tasche nahm. „Wissen Sie, was Sie sind?" sagte er. „Sie sind eine kleine Zauberin!" „'Zauberin' gefällt mir", erwiderte Bianca. „Kommen Sie, stärken Sie sich!"

Er nahm die Flasche und stieß mit ihr an. „Auf meine kleine Zauberin!" rief er aus. „Sie sollen leben!" Bianca blickte ihn kokett an. „Auf meinen charmanten Landesvater!" quittierte sie. Er lachte, trank, nahm einige Kekse - und dann lagen sie nebeneinander auf der Decke, blickten in den blauen Himmel und schwiegen sich aus.

„Am Baume des Schweigens hängt seine Frucht, der Friede", flüsterte nach einiger Zeit Bianca. „Das haben Sie schön gesagt", lobte er. „Es ist ein altes arabisches Sprichwort", erläuterte sie. „Die Menschen hätten es leichter, wenn sie sich danach richten würden." Der

Blick des Landesvaters glitt erstaunt über seine Begleiterin. „Sie sind eine wunderbare Frau", stellte er fest. Sie lächelte. „Jetzt reden Sie ja schon wieder!" „O Verzeihung!" Er verstummte.

Inzwischen hatte die Sonne ihren Weg durch die Büsche hindurch gefunden und beschien den Platz der beiden aufs reichlichste. „Hätten Sie etwas dagegen, wenn ich mich ein bisschen frei mache?" fragte sie. „Ich habe einen Bikini an." „Nur wenn Sie gestatten, dass ich diese grässlichen Schlossersachen ablege", antwortete der Landesvater. „Ich meine, bis auf die Turnhose." Bianca gestattete es.

Und so wurde aus dem ehrwürdigen Herrn Ministerpräsidenten ein sportlich aussehender Walter Schilling, der in diesem Moment sogar ein wenig stolz auf seine gebräunte Haut war, die sich mit dem Aussehen Biancas ohne weiteres messen konnte. Kein Zweifel, zwei schöne Menschen lagen nebeneinander, er zwar um ein Vielfaches älter - aber was macht das schon: in dreißig Jahren würde sie ihn auch erreicht haben! -, dafür konnte er ihr aus seinem Erfahrungsschatz allerhand abgeben, und sie war für ihn eine Art Jungbrunnen.

Ganz offen und ohne jede Hemmung bewunderte er ihre Figur. Bianca fühlte das mit einer gewissen Genugtuung. Sie zog ein Bein an. Das hatte zur Folge, dass er sie immer mehr bewunderte. Nun richtete sie sich halb auf, und das gab den letzten Ausschlag. „Fräulein Bianca", hauchte er und beugte sich zu ihr, „vergessen Sie jetzt einmal, dass ich Ihr Landesvater bin. Ich heiße Walter. Und Sie sollten ..."

Die Bedrängte wehrte zärtlich ab. „Nicht so stürmisch, Herr Ministerpräsident! Gut Ding will Weile haben. Und das mit dem 'Walter', finde ich, hat noch Zeit." Sie senkte die Stimme. „Wollen wir nicht lieber über etwas anderes reden?" Mit einem Seufzer legte sich der Landesvater auf den Rücken.

„Mit Ihnen hat man's schwer", murmelte er. Sie schlängelte sich ein bisschen an ihn heran. „Sie hatten mir gestern von dem Kultusminister erzählt", säuselte sie. „Haben Sie schon einen neuen gefunden?" „Noch nicht." Er blickte sie belustigt an. „Wissen Sie etwa einen?" Sie schloss vielsagend die Augen. „Vielleicht."

Der Ministerpräsident richtete sich auf. „Sie? Und wen?" „Den Bürgermeister unserer Stadt", raunte sie, noch immer die Augen geschlossen haltend, „Herrn Robert Burli." Der Landesvater dachte nach. „Robert Burli", wiederholte er, „ja, ich habe schon von ihm gehört. Das ist der, welcher zwei Streithähne wie die Parteivorsitzenden Adami und Prochnow unter einen Hut gebracht hat. Eine tolle Leistung, das kann man wohl laut sagen."

Bianca öffnete lächelnd die Augen. „Ja", betonte sie, „das kann man laut sagen." „Und dieser Burli", fuhr er fort, „wäre Ihrer Meinung nach ein Kandidat für den Posten des Kultusministers?" „Bestimmt" versicherte sie. „Außerdem ist er Musikhistoriker. Von ihm stammen übrigens die Texte vieler meiner Lieder, auch gestern das mit dem Wandelstein." „Wandelstein!" rief Schilling aus. „Dieser Knüller ist von Robert Burli?" „Genau", bekräftigte Bianca.

Schilling blickte vor sich hin. „Also das muss ich mir durch den Kopf gehen lassen." Sie richtete sich auf und legte die Hand auf seine Schulter. „Walter, wenn Sie das fertigbrächten ..." Er sah sie an. Wie hatte sie ihn soeben genannt: Walter? Ein neuer Hoffnungsschimmer kam über ihn.

„Es gibt da natürlich gewisse Verfahrensvorschriften, die eingehalten werden müssen", erklärte er, „aber mit einigem guten Willen lässt sich alles machen. Letzten Endes kommt es darauf an, wie man eine Sache deichselt. Und meine eigenen Parteifreunde sind schließlich auch noch da."

„Ich bin Ihnen so dankbar, lieber Walter." Er nahm sie bei den Schultern. „Zauberin!" hauchte er. „Bitte nicht", wehrte sie ab, „heute nicht." Heute nicht. Das hieß, vielleicht morgen. Oder übermorgen. Auf alle Fälle blieb Zeit für Illusionen.

„Es war ein schöner Tag", sagte er beim Abschied. „Und was diesen Robert Burli betrifft, so werde ich mein Möglichstes tun." „Ich weiß", flüsterte sie. Er tat tatsächlich sein Möglichstes. Zwar dauerte es einige Zeit, bis Robert Burli sein neues Amt antreten konnte, aber am Ende hatte Schilling sein Kabinett davon überzeugt, dass nur ein Musikhistoriker - und kein anderer - als Kultusminister in Frage käme.

Diesem Nimbus wurde Burli bereits in seinen ersten Amtshandlungen gerecht. Er startete eine Aktion gegen Mikrofone und Verstärkeranlagen. Endlich konnte er einer alten Aversion öffentlich Ausdruck verleihen und in die Tat umsetzen, was ihm bisher als fast unerreichbares Ideal vorgeschwebt hatte.

Im Grunde war es ein Tick, eine Art Spleen, der sich schon während seiner Studienjahre in ihm festgesetzt hatte und dem er keinen Augenblick untreu geworden war. Jede Art von Musik, die nicht naturgetreu wiedergegeben wird, sondern durch Kabel und Tonregler eine Veränderung erfährt, sei verwerflich, erklärte er. Dabei berief er sich auf Versuche in Indien, die ergeben hätten, dass Pflanzen besser gedeihen würden, wenn man während ihres Wachstums Geige spiele, aber bei Musik aus dem Radio oder vom Plattenspieler keine Reaktion zeigten. Die originalen Schwingungen der Musik würden durch technische Zutaten - vor allem durch die sich immer mehr ausbreitenden Verstärkeranlagen - verfälscht und abgetötet.

Den letzten Ausschlag für seinen Fanatismus erhielt Robert Burli bei einem Schlagerwettbewerb, den er interessehalber besucht hatte. Mitten im Vortrag eines jungen Sängers war das Mikrofon ausgefallen, und die vorher so kräftig klingende Stimme war plötzlich kaum noch zu hören. Der Tonmeister war außer sich, die Monteure arbeiteten fieberhaft, doch ein Defekt im zentralen Schaltwerk machte alle Bemühungen zunichte.

Die Veranstaltungsleitung ließ den nächsten Sänger auftreten. Das Ergebnis war noch schlimmer: Außer einer Piepsstimme war nichts zu vernehmen. Dabei hatte das sonst immer so schön geklungen. „Eine Schande!" rief Robert Burli aus und erklärte den Zuhörern, dass früher, als es noch kein Mikrofon gab, jeder Sänger ein Naturtalent war. „Und sie traten in Häusern auf, die Tausende fassten", fügte er hinzu, „und jeder - selbst in der entferntesten Ecke - konnte sie verstehen."

„Das ist lange her", hatte ein älterer Herr erwidert. „Heute brauchen sie nur ein bisschen die Arme zu schwenken - das mit der Stimme macht die Tonregie." „So ist es", bekräftigte Robert Burli - und seither hatte sich in ihm der Gedanke festgesetzt, die Musikkultur wieder auf ihre ursprüngliche Form zurückzuführen.

Verständlich, dass die Konzertunternehmer gegen die diesbezügliche Verfügung des neuen Kultusministers Sturm liefen. Sie kannten ihre Sänger und wussten, was kommen würde, wenn diese plötzlich mutterseelenallein - ohne Kabel, ohne Mikrofon, ohne Verstärkeranlage - vor ihrem Publikum stünden.

Auch die Diskothekeninhaber waren nicht gerade erfreut, als ihnen eröffnet wurde, anstelle von Schallplatten und Tonbandgeräten ein Klavier in den Raum zu stellen. Ein Klavier! Gab es so etwas überhaupt noch? Das war doch so ein merkwürdiges Möbel, wo ein Deckel aufgeklappt werden musste und eine Menge schwarzer und weißer Tasten zum Vorschein kam. Und dann musste jemand selbst darauf spielen, statt dass er bequem auf einen Knopf drückte und den Klängen aus der Box lauschte.

Nein, mit solchen Vorschlägen konnte sich der Minister keine Freunde machen. Lediglich einige Musiker, die es vereinzelt noch gab, stimmten ihm zu. Jetzt

konnten Klavier, Geige und Cello sogar in den Kaffee-
häusern wieder zu Ehren kommen. Erinnerungen an
alte Zeiten wurden wach: an kulturvolle Zeiten, als die
Post noch zweimal am Tage ausgetragen wurde, jeden
Morgen der Bäckerlehrling die Brötchen ins Haus
brachte und die Milch vor der Tür stand.

„Lasst uns wieder Menschen werden!" hatte Robert
Burli zur Eröffnung der Landeskulturtage ausgerufen
und nicht ohne Hintergedanken an die Post und den Bäcker von damals erinnert. „Das war die Zeit, als Klavier
und Geige ein Symbol der gepflegten Geselligkeit waren", stellte er fest, „und heute - unter der Herrschaft
der konservierten Musik - kommt die Post nur einmal,
und wir müssen unsere Brötchen im Laden holen!"

Lachen und Beifall quittierten seine Worte. Irgendwie
hatte er den Nerv der Zuhörer getroffen. Es ging ja
nicht um Musik schlechthin, sondern um das allge-
meine Lebensgefühl. Alles passive Verhalten stumpfe
ab, erklärte er, und wenn junge Leute nur den Kopfhö-
rer benutzten, dann sei das ebenso eine passive Form.
Deshalb bitte er um Verständnis, wenn er der elektro-
nischen Musik den Kampf ansage, es sei schließlich
fünf Minuten vor zwölf und noch wäre nicht alles verloren.

Tatsächlich erreichte er - nicht zuletzt durch die Für-
sprache des Ministerpräsidenten -, dass die „Aktion gegen Mikrofone und Verstärkeranlagen" in die Wege
geleitet und mancherorts sogar in die Tat umgesetzt
wurde. Das „Robert-Burli-Programm", wie es seine
Anhänger nannten, gewann immer mehr an Boden,

allerdings auch starke und gefährliche Feinde. Zu letzteren gehörten einige einflussreiche Leute vom Fernsehen, zumal Burli auf der Konferenz der Landeskultusminister einige ungeschickte Bemerkungen hatte fallen lassen.

Diese Tagung, die unter dem Motto „Der Kultur eine Gasse!" gestanden hatte, war durch die extravaganten Ansichten des Ministerneulings zu einem Podium völlig entgegengesetzter Richtungen geworden. Die meisten konnten nicht verstehen, wieso ihr Kollege derartig gegen das Fernsehen vom Leder zog.

Er könne keine Talkshows mehr ansehen, hatte er erklärt und zur Begründung darauf hingewiesen, dass jeder Wortwechsel vorher abgesprochen werde. Jede Frage, jede Antwort - alles sei genau einstudiert. Sogar jeder Lacher käme aus der Konserve. Für ihn sei es geradezu eine Beleidigung, dass man ihm vorschreibe, an welchen Stellen er zu lachen habe. „Mit Kultur hat das alles nichts zu tun", stellte er fest. Seiner Meinung nach gehöre das Fernsehen in den Bereich „Handel und Versorgung".

Das war natürlich ein starkes Stück. Selbst jene Minister, die bezüglich der Verstärkeranlagen auf seiner Seite gestanden hatten, weil sie hin und wieder mit den Problemen der Diskotheken konfrontiert wurden, rückten von ihm ab und warfen ihm vor, das Finanzielle ganz aus den Augen verloren zu haben. Fernsehen gehöre nun einmal zur gesellschaftlichen Realität und fahre - nicht zuletzt durch die Werbung - hohe Gewinne ein, was letzten Endes dem Staat zugutekomme.

Was jedoch die Ministerkonferenz fast an den Rand einer Posse trieb, war die Diskussion um die künftige Gestaltung von Preisen und Auszeichnungen. „Kulturpreise aller Art sind unmoralisch", erklärte Burli. „Hat etwa Lessing einen Preis erhalten - oder Heinrich Heine? Nicht einmal Goethe wurde ausgezeichnet. Wer wollte nun wagen, sich mit der Annahme eines solchen Preises über jene Großen zu stellen? Der wahre Preis des Künstlers liegt in seinem Werk, nicht in einem Orden oder einer Medaille. Wer solche Dinge annimmt, beweist damit, dass sein Werk offenbar nicht genügt. Ich plädiere für die Abschaffung aller kulturellen Ehrenzeichen." Das war nun wirklich starker Tobak. Da hatte man für die Konferenz das Motto „Der Kultur eine Gasse!" gewählt, und dieser Außenseiter wollte sie am liebsten ins Hinterstübchen verfrachten.

„Sie verkennen wirklich die einfachsten Zusammenhänge", ermahnte ihn ein weißhaariger Kollege. „Wer in unserer Bevölkerung liest denn einen Roman vom Anfang bis zum Ende? Wer hört sich eine Oper an? Wer besucht eine moderne Ausstellung? Doch nur ein verschwindend kleiner Prozentsatz! Die übrigen muss man durch eine Preisverleihung auf die betreffenden Künstler hinweisen, damit sie sehen: Hier wird Kultur betrieben. Wenn wir warten wollten, bis sie die Werke studieren, könnten wir uns auf eine Ewigkeit einrichten. Nein, mein lieber Herr Kollege: Auszeichnungen und Preise müssen sein! Das gehört zur Kultur wie zum Eisbein das Sauerkraut."

„Machen wir Mittagspause", entschied der Tagungsleiter, und die Minister gingen ins Restaurant, wo sich Robert Burli bald von einigen Presseleuten umringt sah. Wie er das mit dem Fernsehen meine, wurde er gefragt; denn obwohl die Debatte geheim verlaufen war, sickerte durch die von Zeit zu Zeit geöffneten Türen und durch die Gesprächigkeit der bedienenden Kellner manches nach draußen. Robert Burli war das ganz recht, und so verkündete er den neugierigen Journalisten seinen Standpunkt in Sachen Kultur:

Er habe nichts gegen eine freie Entfaltung, aber die Freiheit des Geistes dürfe nicht so weit gehen, jede Narrheit zu billigen. In der Politik habe man schließlich auch erfahren, wohin es führt, wenn ein Narr seine Forderungen laut werden ließe. Nicht anders sei es im kulturellen Leben. Die Freiheit habe ihre Grenzen da, wo sie missbraucht werde. Narrenfreiheit für alle möglichen Albernheiten und Unsinnigkeiten dürfe es nicht geben.

Die Journalisten hatten offensichtlich das Gefühl, ihren Mann gefunden zu haben. Sie hingen förmlich an seinen Lippen, machten sich eifrig Notizen, und am nächsten Tag verkündeten die Zeitungen: „Ein klares Wort von Minister Burli: Keine Freiheit für jeden hergelaufenen Narren!" Was dieser Robert Burli für den kulturellen Bereich - speziell für das Fernsehen - gedacht hatte, geriet in ein allgemeines, am Ende sogar politisches Fahrwasser.

Kein Wunder, dass der Anführer der Pikkolos beim Lesen dieses Artikels empört auf den Tisch schlug. „Eine

Gemeinheit!" rief er aus. „Nicht genug, dass man mich von der Bühne herunter lächerlich gemacht hat - jetzt werde ich sogar in der Presse angegriffen! Na, dieser Burli kann was erleben!"

Ihm war völlig klar, dass mit dem „hergelaufenen Narren" nur er, Wandelstein, gemeint sein konnte, und er trommelte für den nächsten Tag seine kleinen Leute zusammen. „Gleiches Recht für alle" hatten sie auf ihre Transparente geschrieben, mit denen sie durch die Landeshauptstadt zogen, und sie verwickelten die Passanten in eifrige Gespräche.

Kein Zweifel, die Pikkolos waren im gesellschaftlichen Leben zu einem beträchtlichen Faktor geworden. Wer waren sie eigentlich, diese kleinen Männer? Und wer war Wandelstein? Man würde ihnen unrecht tun, wollte man sie irgendeiner gewalttätigen Gruppierung zuordnen. Von Gewalt konnte bei ihnen keine Rede sein. Sie verabscheuten jeden kämpferischen Einsatz und beschränkten sich auf die Macht des Wortes. Das hatte ihnen ihr Anführer deutlich eingeschärft. „Wir sind klein", hatte er ausgerufen, „aber groß an Freiheitsliebe und Gerechtigkeitssinn! Wo wir erscheinen, zeigt sich das Gewissen des Landes!"

Wandelstein war kein Dummkopf. Er wusste: In jedem Staat gibt es Unzufriedene. Überall entstehen oppositionelle Gruppen. Leider sind sie nicht immer von bester Qualität. Die meisten arten aus und greifen zu primitiven Mitteln, schlagen Scheiben ein, werfen mit Steinen, verprügeln vermeintliche Gegner, rempeln

Unbeteiligte an, hinterlassen überhaupt den Eindruck völlig undisziplinierter Chaoten.

Ganz anders die Pikkolos. Zwar versandten sie hin und wieder Drohbriefe, machten aber diese Drohungen niemals wahr. Ihnen genügte, dass die Herrschenden unsicher wurden - und als sie vernahmen, der Ministerpräsident habe sich ihretwegen zwei Bodyguards angeschafft, rieben sie sich die Hände. Ihre Taktik hatte sich gelohnt.

Sie führten auch Versammlungen durch, ganz friedliche, versteht sich. Sie meldeten sie ordnungsgemäß an, und da man ihre Gewaltlosigkeit kannte, wurden die meisten offiziell genehmigt. Die Bürger begegneten ihnen allmählich mit Verständnis.

„Lasst die Kleinen auch mal ihre Meinung sagen!" äußerten sie und waren in großer Anzahl erschienen, als Wandelstein eine Rede zu dem auf den Transparenten wiedergegebenen Motto „Gleiches Recht für alle" angekündigt hatte. Der Andrang war so stark, dass Mitdank und Meffert keine Mühe hatten, ganz unauffällig im Kreis der Zuhörer unterzutauchen, so dass einem authentischen Bericht an den Landesvater über den Ablauf der Veranstaltung nichts im Wege stand.

Was Wandelstein sagte, war für den Ministerpräsidenten allerdings mehr als interessant. „Mitbürger!" hatte jener ausgerufen. „In einer ernsten Stunde wende ich mich an Sie. Und zwar spreche ich jetzt nicht nur im Namen meiner Pikkolos, sondern im Interesse aller Bewohner unseres Landes. Es geht um nichts Geringeres als die Erhaltung unserer Demokratie. Sie ist in Gefahr, und zwar wird sie in Frage gestellt von einem Mitglied der Landesregierung."

„Hört, hört!" ertönte eine Stimme aus dem Hintergrund. „Namen nennen!" rief ein anderer. „Kommt alles", winkte Wandelstein ab. „Wir Pikkolos haben von jeher den Standpunkt vertreten, dass die Gleichheit aller vor dem Gesetz einen Grundpfeiler unserer staatlichen Ordnung darstellt. So steht es auch in der Verfassung. Aber nicht nur vor dem Gesetz sind wir gleich, sondern auch in unserer freien Meinungsäußerung. Oder sagt Artikel 5 etwas anderes? Nun kommt aber einer daher - und ich will Ihnen auch sagen, wer es ist, nämlich der Herr Kultusminister Burli - und behauptet, man dürfe nicht 'jedem hergelaufenen Narren' sagen lassen, was er will!"

„Pfui!" rief jemand in der achten Reihe. „Bitte deutlicher!" erscholl eine Forderung. „Ja, ich will ganz deutlich werden", erklärte Wandelstein. „Selbst, wenn meine Anhänger und ich hier nicht direkt gemeint sein sollten - der Herr Minister hat tunlichst eine persönliche Anspielung vermieden -, so bleibt doch die Frage: Wer entscheidet eigentlich darüber, welche Person zu den 'hergelaufenen Narren' gehört? Ist das nicht wieder ein Fallstrick, an dem man jeden Missliebigen erwürgen kann? In der Geschichte der Menschheit hat es viele Große gegeben, die als 'Narren' abgestempelt wurden. Ich erinnere an Kopernikus, an Galilei, an Robert Koch und viele andere. Wer garantiert, dass man jetzt klüger ist? Nein, liebe Freunde: Was der Minister

Burli vorschlägt, ist eine Zumutung. Mehr noch, es ist ein Grabgesang der Demokratie! „

Die Zuhörer blickten wie gebannt auf Wandelstein. Selbst Mitdank und Meffert begriffen, dass sie Zeugen einer mitreißenden Rede wurden, und reihten sich - um nicht aufzufallen - in die immer stärker werdenden Beifallskundgebungen ein. Am Ende wurde der Redner mit Blumen überhäuft, und die Pikkolos hatten alle Mühe, ihren Meister durch das ihm zujubelnde Spalier zu schleusen.

Mitdank und Meffert begaben sich unverzüglich zum Ministerpräsidenten und erstatteten Bericht. Walter Schilling war nicht gerade erfreut. Wie es aussah, war der Druck der öffentlichen Meinung so groß, dass er gar nicht umhin konnte, seinen angegriffenen Minister zu entlassen, beziehungsweise ihm den Rücktritt nahezulegen. „Scheußlich, scheußlich" murmelte er, weil er an Bianca dachte, die ihm nun unweigerlich verloren schien. Doch es blieb ihm nichts anderes übrig. Die Zeitungen von morgen brauchte er gar nicht erst abzuwarten.

„Bestellen Sie Herrn Minister Burli zu mir", sagte er zu Mitdank und Meffert. Robert Burli hatte schon einiges gehört, als er seinem Chef gegenübersaß, und war deshalb nicht ganz unvorbereitet. „Sie wissen", begann Walter Schilling seine Standpauke, „ich habe bei vielen Ihrer Eskapaden ein Auge zugedrückt. Was Sie gegen die elektronische Musik und gegen bestimmte Fernsehshows gesagt haben, findet teilweise auch meine Zustimmung. Es bleiben da sicherlich viele Wünsche offen, und einige Aufgaben haben auch wir dabei zu erfüllen. Deshalb konnten Sie auf meine Unterstützung rechnen. Aber jetzt ist sozusagen das Fass übergelaufen. Die ganze Bevölkerung haben Sie gegen sich aufgebracht. Und alles nur, weil Sie die demokratische Mitbestimmung als Narrenfreiheit abtun. Sie haben ..."

„Entschuldigen Sie, wenn ich unterbreche", bemerkte Burli. „Ich habe lediglich betont, dass man nicht jedem hergelaufenen Narren Redefreiheit zugestehen dürfe, weil die Gefahr einer ungünstigen Beeinflussung der Bürger besteht, wie es in unserer Geschichte schon mehr als einmal vorgekommen ist."

Der Ministerpräsident winkte ab. „Dann hätten Sie sich eben etwas konkreter ausdrücken müssen! Jetzt nimmt Wandelstein mit Recht an, dass Sie ihn und seine Pikkolos meinen - und Sie sehen nun, welchen Aufruhr das verursacht hat. An allen Ecken und Enden wird demonstriert. Die Demokratie sei in Gefahr, heißt es, und dauernd wird Ihr Name genannt. Ich frage Sie: Wollen Sie uns weiterhin desavouieren? Alle Vorwürfe fallen auf mich und die gesamte Regierung zurück. Wir hätten Sie aufgepäppelt, wird gesagt, stünden voll und ganz hinter Ihnen, ja einige behaupten sogar, das alles hätten Sie in unserem Auftrag verlauten lassen. Am Ende bin ich noch der Verantwortliche. Nein, verehrter Herr, so geht das nicht. Jetzt ist Matthäi am Letzten! Entweder Sie nehmen Ihren Hut, oder ich muss in aller Form ein bisschen nachhelfen. Ich hoffe, Sie haben mich einiger maßen verstanden."

Robert Burli blickte vor sich hin. Und ob er verstand! Dass Matthäi am Letzten sei, hatte er schon einmal gehört. Wahrscheinlich war das in diesem Land eine gängige Floskel. Warum musste es aber ausgerechnet ihn nun schon zum zweiten Mal treffen? Und diesmal sogar ein bisschen ärger; denn der Sturz vom Minister ins Nichts ist fühlbarer als der vom Musikredakteur. Außerdem war er durch die Pikkolos jetzt in aller Munde.

„Dass Sie diesem Wandelstein mehr Beachtung schenken als mir, schmerzt mich ein wenig", bekannte er, „obwohl ich natürlich verstehe, in welcher Situation Sie sich befinden." „Das ist überaus gnädig, dass Sie das verstehen", spottete der Landesvater. „Und vielleicht verstehen Sie auch, dass Ihres Bleibens hier tatsächlich nicht mehr sein kann. Ich brauche Ihnen nicht zu sagen, wie sehr ich das persönlich bedauere - schon aus vielerlei Gründen." Sein Gesicht nahm einen wehleidigen Ausdruck an, so dass an der Aufrichtigkeit seines Bedauerns nicht gezweifelt werden konnte.

„Ich wünsche Ihnen jedenfalls für die Zukunft alles Gute", betonte er und drückte seinem Minister die Hand. „Ihr Rücktrittsgesuch habe ich vorbereitet. Sie werden doch unterschreiben?" „Es bleibt mir nichts anderes übrig", seufzte Burli. „Quidquid fit, necessario fit." „Wie, bitte?" „Das ist lateinisch", erklärte er, drehte sich um - und Walter Schilling rätselte, ob das nicht vielleicht gar eine Beleidigung gewesen war ...

Pechvögel werden geboren, heißt es. Und wer das Unglück habe, nachts zwischen ein und zwei Uhr auf die Welt zu kommen, könne kein Zuckerlecken erwarten.

Robert Burlis Geburtsstunde lautete: nachts halb zwei. Das wusste er aus „Baby's Tagebuch", das seine Mutter akribisch genau geführt hatte. Er erwartete deshalb vom Leben nichts Besonderes - auch jetzt nicht, nachdem er von Bianca in alle möglichen Situationen hineinkatapultiert worden war.

Das war schließlich das Werk einer Frau und hatte mit ihm selbst eigentlich gar nichts zu tun. Und letzten Endes war alles schiefgegangen. Sogar seine Dienstwohnung in der Landeshauptstadt musste er nun wieder aufgeben. Nur gut, dass er sein Zimmer bei Frau Golombek behalten hatte: sein „Refugium", wie er es nannte. Und dann war da auch noch die Couch! Richtig, die Couch. Die schien er jetzt zu brauchen.

Frau Golombek staunte nicht schlecht, als sich ihr Untermieter nach langer Zeit wieder sehen ließ, und noch mehr staunte sie über seine Odyssee, die er ihr in Bruchstücken vor Augen führte. Ihr schwamm es förmlich vor den Augen.

„Also, wenn ich das alles erlebt hätte", murmelte sie, „ich würde von lauter Pikkolos träumen." „Da haben Sie recht", stimmte Burli zu, „mir ist schon ganz schummerig." Er schloss die Augen, und die wackere Wirtin wusste, was sie zu tun hatte.

„Vor allem müssen Sie Klarheit über sich selbst gewinnen", raunte sie ihm zu. „Sie haben sich viel zu sehr treiben lassen. Dieses 'singende Model' hat Ihnen zwar die Wege geebnet, aber nun hat sich gezeigt, dass das nicht genügt. Ich kann sie allerdings verstehen. Wenn wir Frauen einen Mann sympathisch finden, machen wir alles Mögliche für ihn. Wir springen, wenn es darauf ankommt, für ihn ins Feuer. Nur sollten Sie zeigen, dass Sie auch etwas können. Sie haben doch - wie Sie erzählen - mit einigen Liedern Erfolg gehabt. Vielleicht fällt Ihnen etwas Ähnliches ein. Denken Sie nach! Ich bin sicher, Sie werden es schaffen. Ich glaube an Sie, Herr Burli! Hören Sie mich? Ich glaube an Sie!"

Der Patient auf der Couch hörte es wie aus weiter Ferne. Aber so sollte es such sein: Was aus scheinbar anderen Welten auf uns einwirkt, hinterlässt deutlichere Spuren als ein lauter Ruf aus der Nähe."

„Wo bin ich?" fragte er und sah sich erstaunt um. „Auf Ihrer geliebten Couch" erwiderte die Wirtin. „Sie haben wunderschön geträumt. Hoffentlich geht dieser Traum in Erfüllung." Robert Burli sah sie groß an. „Ich werde eine Geschichte schreiben", sagte er. „Und wissen Sie, wie ich darauf gekommen bin? Durch die Pikkolos! Immer wieder gehen sie mir durch den Sinn. Einen Titel habe ich auch schon: 'Die Blonden von Randsvill'. Noch heute fange ich damit an!"

„Bravo!" rief Frau Golombek und bemerkte mit Freuden, dass sich ihr Untermieter mit einem kühnen Schwung erhoben hatte. „Nun ist mir überhaupt nicht mehr bange." Ihr Gefühl war berechtigt. Robert Burli hatte - wie er sich selbst einredete - den „Einfall seines Lebens". Zwar nannte er seine Hauptfigur nicht Wandelstein (das hätten ihm die Pikkolos ganz schön heimgezahlt), sondern Olaf Persicke - aber Ähnlichkeiten waren nicht zu verkennen. Dieser Olaf Persicke nämlich hatte herausbekommen, dass jeder dritte Erwachsene von Randsvill blonde Haare hatte.

„Unser demokratisches Gemeinwesen erfordert eine gerechte Verteilung der Ämter!" rief er deshalb in einer Stadtverordnetenversammlung aus. „Jeder dritte Randsviller ist blond. Ich sehe aber nur ungefähr jeden zehnten in einer entscheidenden Position. Da muss sich etwas ändern! Ich beantrage, ab sofort jede dritte Stelle mit einem blonden Bürger zu besetzen."

Aus Jux nahm man den Antrag an - und dann ereigneten sich in Randsvill sonderbare Dinge. Völlig unmusikalische Leute wurden beispielsweise in der Musikschule als Klavierlehrer eingesetzt, weil keine geeigneten Blonden zur Verfügung standen. Aber die Quote musste eingehalten werden! Und so ging es weiter, bis eines Tages die Museumsleiterin, Frau Eberle, den rettenden Ausweg gefunden hatte.

Sie war - als Olaf Persicke ahnungslos die Stadtbibliothek besucht hatte - mit einigen Kolleginnen dort erschienen, begrüßte ihn freundlich und leitete eine fast persönliche Unterhaltung ein. Sie erkundigte sich (was sie bisher noch nie gemacht hatte!) nach seinem Befinden, seiner Freizeitgestaltung und fragte ganz nebenbei, wie es seiner Freundin gehe.

Olaf Persicke, muss man wissen, war nämlich Junggeselle. Zwar ging er schon auf die Vierzig zu, aber noch nie war ihm der Gedanke gekommen zu heiraten. Er hatte Freundinnen, nacheinander verschiedene, aber eine feste Bindung - nein, dazu war er nicht imstande.

Und nun fragte ihn Frau Eberle aus einem ganz unerklärlichen Interesse heraus nach seiner Freundin. Sie zählte seine letzten drei Liebschaften auf. „Eine davon war schwarzhaarig", sagte sie, „eine kastanienbraun", fügte eine der mitgekommenen Kolleginnen hinzu, „und die letzte sogar rothaarig", stellte eine andere fest. „Aber keine war blond!" trumpfte die Museumsleiterin auf. „Keine blond!" riefen ihre Kolleginnen im Sprechchor.

Olaf öffnete vor Schreck den Mund, brachte aber keinen Ton heraus. „Was haben Sie gegen Blonde?" fragte jetzt eine resolute Dame, die bisher im Hintergrund gestanden hatte und sich in stämmiger Haltung vor ihm aufbaute. „Sind blonde Frauen etwa weniger wert als die anderen?"

„Ich weiß nicht, was Sie damit sagen wollen", stotterte Olaf. „Dass Sie auch bei Ihren Freundinnen die Quote einzuhalten haben!" erklärte die Stämmige. „Und damit Sie es genau wissen: Hier ist Ihre neue Geliebte!" Sie riss die Tür auf - und herein trat eine blonde Dame.

Olaf blickte sie an. Für einen Moment schien es, als treffe ihn der Schlag. Kreidebleich war er geworden, seine Hände zitterten, die Haare sträubten sich. Die Museumsleiterin musste ihn ein paar Sekunden festhalten. Sein Schreck war freilich verständlich. Denn was ihm da als Pflichtgeliebte präsentiert wurde, war ein Ausbund an Hässlichkeit. Nicht nur dass sie einen Höcker hatte und die Haut voller Flecken, im Mund zwei große Raffzähne und einen schielenden Blick - das alles sind Äußerlichkeiten, aber von ihr ging ein übler

Geruch aus, der Olaf fast die Sinne nahm, und dann hatte sie eine derart plumpe Haltung, dass man sich wunderte" wie so viel Negatives in einer einzigen Frau vorhanden sein konnte.

„Das ist Gabriela", sagte die Stämmige. „Gefällt sie Ihnen?" Olaf Persicke rang nach Luft. „Machen Sie keine Scherze!" stammelte er. „Es ist uns völlig ernst", stellte die Museumsleiterin fest. „Eigentlich sollten Sie uns dankbar sein: Gabriela ist blond!"

Allmählich hatte sich Olaf gefasst. „Sie denken doch nicht etwa, dass ich mit dieser Dame ..." „Warum nicht?" entgegnete Frau Eberle. „Sie werden schon mit ihr klarkommen. Wem der Herr gibt ein Amt, dem gibt er auch den Verstand! - Kommt, Kinder!"

Die letzten Worte hatte sie an die Kolleginnen gerichtet, die sogleich mit ihr aus der Bibliothek stürmten, indessen die Stämmige den Schlüssel von innen abzog und deutlich hörbar die Tür von außen zusperrte. Dann waren sie allein. Olaf und die Blonde.

„Was soll das Theater?" fauchte er. „Machen Sie, dass Sie wegkommen!" „Haben Sie nicht gehört, dass die Tür verschlossen ist?" erwiderte Gabriela. „Sie müssen sich schon dreinfinden." „Wo dreinfinden!" brüllte Olaf ärgerlich. „Das ich Ihre Quotenfrau bin", bemerkte die Blonde trocken.

Sie ging auf ihn zu. „Komm, Kleiner, mach keine Umstände!" Wie von einer Tarantel gestochen, sprang Olaf zur Seite. „Sind Sie wahnsinnig?" „Ich möchte wissen, was du gegen mich hast", säuselte Gabriela und setzte ihre Attacke fort. „Schließlich bin ich blond und habe ein Anrecht auf deine Liebe. Jede dritte Blonde hat das. Komm, küss mich!"

„Hilfe!!" schrie Olaf, eilte zur Tür und trommelte mit den Fäusten. „Hilfe! Ich will hier raus!" „Das wird nichts nützen", stellte die Blonde fest. „Sie sind alle gegangen. Machen wir es uns lieber gemütlich!" Sie rückte ein paar Sessel zusammen und begann, sich das Kleid auszuziehen.

„Was soll der Unfug!" stammelte Olaf. „Ich werde dein sein", flüsterte sie und ließ die Strümpfe herunter. Unförmige Flecke erschienen auf ihren Waden. „Die sind nicht ansteckend", versicherte sie, „du brauchst dich nicht zu genieren."

Selten hatte Olaf Persicke ein widerwärtigeres Striptease gesehen. Und dann dieser Geruch! Gabriela breitete die Arme aus. „Komm, Liebling, lass uns alles vergessen!" Jetzt war das Fass am Überlaufen. Mit letzter Kraft trommelte Olaf gegen die Tür. „Aufmachen! Hört mich denn keiner? Aufmachen!" Verzweifelt warf er sich mit den Schultern dagegen. Umsonst. Die Tür gab nicht nach.

Inzwischen hatte die Blonde nur noch einen Bikini an. „Olaf!" hauchte sie. Plötzlich wurde die Tür geöffnet. Die Museumsleiterin, die Stämmige und die übrigen Damen betraten die Bibliothek. Sie blickten auf Olaf und dann auf die Blonde. „So weit sind Sie schon?" fragte Frau Eberle.

„Befreien Sie mich von dieser Schlange!" rief Olaf und zitterte am ganzen Körper. „Da staune ich aber", murmelte die Stämmige. „Hatten Sie nicht immer behauptet, es käme auf die Quote und nicht auf die Eignung an?"

„So war das doch nicht gemeint", erklärte Olaf. Die Museumsleiterin horchte auf. „Sie geben also zu, dass man die Stimmen 'wägen' muss und nicht 'zählen'?" „Schiller, Demetrius", stöhnte der Bedrängte, „ja, Sie haben recht. Aber nun schaffen Sie mir dieses Weib vom Halse!" „Na, dann wollen wir uns das „Weib" einmal näher ansehen", raunte Frau Eberle. „Kommt, Kinder, fangen wir an!"

Und nun begann vor Olafs Augen eine Demaskierung, wie sie der heilige Bibliotheksraum noch nie erlebt hatte: Die Kolleginnen wischten die hässlichen Flecken von der Haut, wobei zugleich der penetrante Geruch verschwand, entfernten die Höckerattrappe vom Rücken, nahmen die angeklebten Raffzähne aus dem Mund, die schielenden Haftlinsen aus den Augen - und als die Manipulationen beendet waren, stand eine vollendete Schönheit vor Olaf Persicke. „Darf ich vorstellen", sagte die Stämmige, „das ist Gabriela, die vorgestern gekürte 'Miss Randsvill'!"

Olaf stand wie eine Salzsäule. In seinem Gehirn arbeitete es fieberhaft. „Jetzt ist sie sogar als meine Geliebte geeignet", flüsterte er vor sich hin, und laut sagte er zu Frau Eberle: „Wir waren uns einig, dass bei offensichtlicher Eignung die Quote einzuhalten ist." „Das bedarf keiner Frage", bestätigte die Museumsleiterin. „Und

Sie hatten mir ausdrücklich eine blonde Freundin zudiktiert", fuhr Olaf fort. „So ist es."

Er grinste plötzlich übers ganze Gesicht. „Nun, ich bin einverstanden", sagte er und ging mit ausgestreckten Armen auf Miss Randsvill zu. „Ich nehme Gabriela!" Mit Entsetzen blickten alle auf diesen Persicke, der scheinbar überall den Sieg davontrug.

Aber jetzt spielte die Museumsleiterin ihren ganz großen Trumpf aus. „Reingefallen, junger Mann!" höhnte sie, riss mit flinkem Griff der schönen Miss Randsvill die Perücke vom Kopf und rief dem kreideweiß gewordenen Olaf die schicksalsschwangeren Worte zu: „Gabriela ist schwarz!"

Soweit die Geschichte von Robert Burli. Er hatte sie in einem Zug niedergeschrieben, fuhr am nächsten Tag zu Bianca und las sie ihr und ihrem Großvater vor. „Ich wusste gar nicht, dass Sie einen Sinn für Erotik haben", schäkerte Bianca, wurde jedoch sofort vom Professor in die Schranken gewiesen: „Das ist schließlich nicht die Hauptsache, mein Kind. Herr Burli will offenbar den Finger auf eine ganz bestimmte Wunde legen. Habe ich recht?"

Die letzten Worte hatte er an seinen Besucher gerichtet, der eifrig nickte. „Wissen Sie, ich habe schon immer die Auffassung vertreten", fuhr der Großvater fort, „dass das Majoritätsprinzip keine Gewähr für Gerechtigkeit bietet - und Ihre Geschichte macht das sehr deutlich." Er wandte sich an Bianca: „Was meinst du, können wir unserm Freund irgendwie helfen?"

Die Enkelin war sofort Feuer und Flamme. „Der Sonntagskurier bringt öfter moderne Prosa", sprudelte sie heraus, „ich kenne da einen Herrn Fackelmann, er ist Kulturredakteur. Wenn es Ihnen recht ist, werde ich mit ihm sprechen, und Sie können sich darauf verlassen, dass ..."

Nein", unterbrach Robert Burli, „es ist mir nicht recht!" Sie blickte ihn erstaunt an. Was hatte er gesagt? Dass es ihm nicht recht sei? Sie musste sich verhört haben. „Wie, bitte?" fragte sie. „Ich möchte nicht, dass Sie dauernd über mich bestimmen", erklärte er. Und da er fühlte, dass seine Worte etwas hart klangen, fügte er hinzu: „Seien Sie mir nicht böse - aber mir ist das Ganze ein bisschen peinlich."

„Was ich völlig verstehe", kommentierte der Professor und wandte sich an seine Enkelin: „Du kannst über Herrn Burli nicht nach Gutdünken verfügen! Er ist schließlich ein erwachsener Mensch. Ich finde, es reicht, was du bis jetzt angerichtet hast." Bianca zuckte zusammen. „Ich wollte nur, dass diese Geschichte erscheint." „Eben!" betonte der Großvater. „Hast du ihn gefragt, ob er sie überhaupt veröffentlichen will?"

Sie hob den Kopf. „Wozu hätte er sie sonst geschrieben!" Robert Burli sah sie nachdenklich an. „Sie berühren eine wichtige Frage, Fräulein Bianca. Eigentlich hatte ich gar keine Veröffentlichung vor. Ich habe mir das sozusagen von der Seele geschrieben, aus gewissen Erfahrungen heraus."

„Und das ist genau der springende Punkt!" pflichtete der Professor bei. „Die Leute von heute glauben, dass eine Sache erst dann Wert besitzt, wenn sie an die Öffentlichkeit gerät. Dabei hängt letzteres von vielen Zufällen ab. Nein, meine Lieben: im Kunstwerk selbst liegt die Erfüllung - und ein Lied oder Gedicht wird nicht dadurch schlechter, weil es unbeachtet bleibt. Ganz zu schweigen davon, dass oft Machwerke berühmt werden, die es gar nicht verdienen. Ihr habt doch schon alles selbst erlebt. Ist etwa Herrn Burlis Chanson 'Angelica', das er seinerzeit geschrieben hat, dadurch schlechter geworden, dass es nicht einmal Herrn Michalski zusagte und es deshalb gar nicht erst ins Programm gekommen ist?"

Bianca sprang auf. „Gut, dass du mich daran erinnerst!" Sie eilte zum Schreibtisch und zog ein Notenblatt hervor. „Hier, von Herrn Michalski abgezeichnet und für unser nächstes Konzert freigegeben!" Robert warf einen Blick darauf. „Mein Gedicht", stellte er fest, „wer hat es komponiert?" Sie lächelte. „Da hat Michalski seine Leute, wie damals mit dem 'Wandelstein' übrigens, am kommenden Freitag ist Premiere."

Unnötig zu erwähnen, mit welchem Herzklopfen Robert Burli in die Vorstellung ging. Er hatte sein Gedicht „Angelica" (Die Engelhafte) für Bianca persönlich geschrieben und knüpfte an die musikalische Umsetzung verständlicherweise viele Hoffnungen. Wie würde es sich jetzt darstellen und wie würde sie es über die Rampe bringen?

Das „singende Model" hatte sich etwas Besonderes einfallen lassen: Dem Titel entsprechend, erschien sie in einem weißen Flügelkleid, ließ die Melodie durch gedämpfte Orgeltöne untermalen und enthüllte in den einzelnen Strophen das Bild einer wirklich „engelhaften" Frau:

Sie fragt bei Männern nie, was sie verdienen.

Ein Porsche reizt sie nicht und kein Likör.

Sie ignoriert der Kavaliere Mienen.

Ihr ist der Chef so schnurz wie ein Schofför.

Sie macht sich nichts aus Schminke und Frisuren.

Selbst Zigaretten lässt sie unberührt.

Unnötig sind bei ihr Erholungskuren.

Sie meidet alles, was zum Abgrund führt.

Nicht eine Nacht schlägt sie sich um die Ohren.

Wie eine Heil'ge lebt sie in der Welt.

Kein Mann hat sie bisher für sich erkoren.

Sie hat - O Wunder! - sich noch nie verstellt.

Ganz selten nur blickt sie in einen Spiegel.

Sie ist nicht prüde, aber auch nicht keck.

Für ihre Reinheit geb' ich Brief und Siegel.

Bei unanständ'gen Witzen hört sie weg.

Verschwiegen ist sie in geheimsten Dingen.

Was man von ihr berichtet, lässt sie kalt.

Kein Filmstar kann sie aus der Ruhe bringen.

Nur ist sie leider erst sechs Wochen alt ...

Ein kleiner Gag am Schluss war das Markenzeichen des singenden Models geworden, und das Publikum reagierte begeistert. Auch diesmal wurde Robert Burli auf die Bühne gerufen, verneigte sich mit Bianca, und Michalski rieb sich froh die Hände. Seine Rechnung war aufgegangen. „Jetzt hieß es, in die Zukunft blicken! Er hatte ein Zimmer im Hotel bestellt, lud Bianca und Robert zu einer Flasche Champagner ein und schwelgte in kühnen Visionen.

„Ich werde eine Tournee zusammenstellen", sagte er, „ihr werdet die Schweiz und Österreich bereisen, vielleicht sogar Südtirol. Anfragen habe ich genug. Alle wollen das 'singende Model' kennenlernen. Und wenn es klappt, können wir sogar ..."

Er hielt plötzlich inne und blickte auf Robert Burli, der wie geistesabwesend vor sich hin starrte. „He, Meister!" rüttelte er ihn. „Was haben Sie denn?" Der Dichter schien aus einem Traum aufzuwachen. „Ach, nichts", wehrte er ab.

„Da stimmt doch was nicht!" sagte Michalski zu Bianca, doch diese zuckte mit den Schultern. „Sie müssen entschuldigen", bat Robert, weil er selbst merkte, wie unpassend sein Verhalten war, „aber so eine richtige

Freude will halt bei mir nicht aufkommen. Mich erfüllt das alles nicht." „Er hängt an seinem Beruf", raunte Bianca Herrn Michalski zu, „sein Chef hat ihm gekündigt. Das ist zwar schon einige Zeit her, aber offenbar kommt er nicht darüber hinweg."

Robert Burli ging zum Fenster, öffnete es und blickte hinunter auf die Straße. Frische Luft brauchte er. Der Abend hatte ihn angestrengt. Irgendwie musste er seine Lungen wieder auftanken. „Sein Chef?" fragte Michalski und sah Bianca schelmisch an. „Kann man da nichts machen?" „Vielleicht" erwiderte sie mit einem Lächeln. „Aber das dürfte er nie erfahren." „Um Himmels willen!" stieß er hervor. „Das bleibt unter uns."

Inzwischen war Robert vom Fenster zurückgetreten und hatte sich wieder zu den beiden gesetzt. Die Luft hatte ihm augenscheinlich gutgetan; denn er lächelte Bianca zu, stieß mit ihnen an - und Michalski kam zum wiederholten Male in den Sinn, dass das eigentlich ein ganz schmuckes Paar war. Weiß der Himmel, warum sie sich so viel Zeit ließen!

„Entschuldigt, ich muss in der Rezeption noch etwas erledigen", sagte er und erhob sich. „Lasst euch die Zeit nicht lang werden!" Er ging hinaus - und beide hörten, wie er von draußen den Schlüssel herumdrehte. Bianca eilte zur Tür und drückte auf die Klinke. Umsonst. „Dieser Kerl!" schimpfte sie. Dann sah sie auf Robert. „Jetzt ist es wie in Ihrer Geschichte", stellte sie fest. Robert Burli lächelte. „Nur, dass ich nicht fliehen will", bemerkte er, stand auf und breitete seine Arme aus ...

Frau Golombek betrachtete die Veränderung, die sich im Wesen ihres Untermieters vollzogen hatte, mit sichtlichem Wohlwollen. Dass er auf einmal äußerst freundlich und immer guter Laune war, führte sie auf eine ganz bestimmte Ursache zurück: ihre Couch! Sie hatte aus einem Miesepeter einen strahlenden Menschen gemacht.

Wenn man sagt, dass Frauen das Glück aus den Augen lächelt, ist das nur die halbe Wahrheit. Auch Männern sieht man dergleichen an: sie bewegen sich rascher, antworten freundlich, interessieren sich für Dinge, die sie früher kaum beachtet haben, und sind überhaupt ansprechbarer. Selbst wenn sie sich bei einem Kellner beschweren, vergessen sie nicht, ein humoriges Wort hinzuzufügen. Jener Gast, dem der Kellner entgegenhielt, er habe ausdrücklich einen „schwachen Kaffee" bestellt, gab zur Antwort: „Ja, einen schwachen. Aber der ist ja hilflos!"

Wer wollte bezweifeln, dass nur glückliche Menschen so etwas von sich geben können? Robert Burli war in einer solchen Situation. Er hätte die ganze Welt umarmen können! Und dass jetzt auch noch ein Brief vom „Musik-Echo" eintraf, worin er zu einem Gespräch mit Herausgeber Stolzenbach gebeten wurde, erhöhte seine Stimmung. Stolzenbach! Was konnte der jetzt noch von ihm wollen? Egal - er fährt auf alle Fälle hin.

Nicht einmal warten ließ man ihn, als er sich bei der Sekretärin angemeldet hatte. „Herr Stolzenbach lässt bitten!" Es war wie im Märchen. Der Herausgeber streckte ihm beide Hände entgegen. „Seien Sie gegrüßt, mein lieber Burli! Wie geht es? Haben Sie eine gute Fahrt gehabt? Sie müssen schon entschuldigen, aber hier geht alles ein bisschen drunter und drüber. Bitte, nehmen Sie Platz. Einen Kaffee trinken Sie doch mit? Fräulein Spatz, zwei Kaffee - und etwas zur Stärkung!"

Robert Burli war in einem Sessel versunken und hörte kaum noch hin. Es waren auch ziemlich belanglose Dinge, das Wetter, die politische Lage, der Wirtschaftskrieg. Aber plötzlich wurde Herr Stolzenbach konkret:

„Ja, mein Lieber, es war mir damals nicht leichtgefallen, Sie so einfach vor die Tür zu setzen. Aber Sie wissen, eine Dummheit macht auch der Gescheiteste - um mit einem bekannten Dichter zu reden. Und eine Dummheit war es, eine große Dummheit. Was habe ich mir schon für Vorwürfe gemacht! Nicht nur ich - das ganze Musik-Echo hat Ihnen nachgetrauert. Es war für uns alle ein herber Verlust, das kann ich ehrlichen Herzens sagen. Langer Rede kurzer Sinn: Kommen Sie wieder zu uns, Herr Burli! Und tragen Sie mir nichts nach - ich bin halt ein schwacher Mensch. Aber ich verspreche Ihnen, es wird Ihnen wieder hier gefallen, und auch Ihr Gehalt wird selbstverständlich erhöht. Na, wie ist es? Sind Sie einverstanden?"

Robert Burli blickte mit einem gewissen Erstaunen auf den Allgewaltigen und klammerte sich, als wolle er sich verteidigen, an der Sessellehne fest. „Ich verstehe, dass Ihnen die Worte fehlen", bemerkte Stolzenbach „es kommt sicherlich ein bisschen überraschend. Aber glauben Sie mir: Es kommt von Herzen! Und jetzt trinken wir erst mal einen Kaffee."

Er führte seinen Besucher ins Nebenzimmer, wo Fräulein Spatz eine festliche Kaffeetafel hergerichtet hatte, und als sich Robert Burli nach einer Stunde verabschiedete, hatte er einen neuen Arbeitsvertrag in der Tasche.

Überglücklich fuhr er zu Bianca und berichtete ihr und dem Großvater vom Sinneswandel des Herrn Stolzenbach. „Manchmal sehen Leute ein, welche Fehler sie gemacht haben", stellte er fest. „Und das Schöne ist, dass niemand auf ihn ein gewirkt hat. Aus eigener Erkenntnis ist er auf die Korrektur seiner damaligen Entscheidung gekommen." Er legte seinen Arm um Biancas Schulter.

„Du siehst, Liebling: Am Ende klärt sich für den größten Pechvogel alles von selbst - und je weniger wir dazu tun, desto mehr werden wir belohnt." „Du sagst es, Bobby", hauchte Bianca und gab ihm einen innigen Kuss. Und im Überschwang des Glücks hörte er nicht einmal, wie sein singendes Model dem Großvater zuraunte: „Wenn der wüsste ...!"